广西
社会科学院
评 PING 论 LUN
丛书

桂　南方奇木……

叶味辛甘，与皮无别而加芳美，人喜咀嚼之。

范成大《桂海虞衡志·志草木》

探索　感悟　凝眸　精彩　艺谭　纵横　曲艺　从理性　名义　文艺　本色　守望　笔踪　寻幽　乡土　文路　文心寸　花山采调　新天知苑

广西
社会科学院
评论
PING LUN
丛书

# 文苑新知

——黄璐评论集

黄 璐 著

广西人民出版社

**图书在版编目（CIP）数据**

文苑新知：黄璐评论集 / 黄璐著 . — 南宁：广西人民出版社，
2019.10

（广西社会科学院评论丛书）
ISBN 978-7-219-10924-3

Ⅰ．①文… Ⅱ．①黄… Ⅲ．①文艺评论—中国—当代—
文集 Ⅳ．① I206.7-53

中国版本图书馆 CIP 数据核字（2019）第 246361 号

责任编辑 严 颖 寇晓旸
责任校对 吴语诗
装帧设计 子 浩
责任排版 施兴彦

出版发行 广西人民出版社
社　　址 广西南宁市桂春路 6 号
邮　　编 530021
印　　刷 广西桂川民族印刷有限公司
开　　本 787mm×1092mm 1 / 16
印　　张 10.5
字　　数 177 千字
版　　次 2019 年 10 月 第 1 版
印　　次 2019 年 10 月 第 1 次印刷
书　　号 ISBN 978-7-219-10924-3
定　　价 35.00 元

# 总　序

　　广西的文艺评论与创作同时诞生，源远流长。广西"文学之祖"是唐代廖州（今广西上林县）刺史韦敬办与其同宗韦敬一所作的《六合坚固大宅颂碑》和《智城碑》，其"世世相习，意也不难。乡士首渠，民众益欢。文武全备，是君最安"等颂句，今天看来也可视为评论之词。

　　唐代之后的广西评论与创作依然共同发展，延绵不断。例如，宋代王正功笔下的著名诗句"桂林山水甲天下"，难道不是评论名言吗？当代散文家杨朔在《画山秀水》中说"多有人把它当作品评山水的论断"。元代画家倪瓒的《米公遗像赞》说"海内清诗语最新"，其实就是对曾在桂林任过职的书画家米芾诗歌创作的评论。明代礼部主事陈邦偁在为《湘皋集》作序时说："实舒台阁之气，挽淳朴之风，超轧苗之习。"这是对他的广西全州老乡、当时被誉为"骚坛盟主"蒋冕的词作的准确评论。而清代临桂词派盟主王鹏运的那一阕《沁园春·代词答》，实际上就是一篇见解独特的词学之论。由此可见，广西古代这些精辟的评论仿佛满天繁星，散见于诗词、文章、志传等古籍，以及碑刻之中，闪烁着思想和艺术的光辉。抗日战争时期，周钢鸣、胡明树、秦似、梁宗岱等广西评论家在当时的全国文化中心桂林发表了许多评论文章，鼓舞了文艺家们坚持抗战的信心，推动了中国抗战文艺运动的发展。他们这些文章大多分散于报纸杂志之中，鲜有结集出版，更谈不上以丛书方式问世。进入当代后，广西的评论得到了长足发展，评论家们不仅关注文艺现象，还将视野扩大到文化领域、哲学领域和社会领域等诸多方面，指点江山，激扬文字，直接促进社会主义文艺乃至文化事业的繁荣。相对于创作而言，广西当代的评论文章发表得不多，评论著作出版得更少，因此推出评论丛书，扩大规模，增加实绩，壮大实力，助推创作，便成了发展广西文艺乃至文化评论事业的必然趋势。

广西社会科学院自建院以来，一直重视发展文艺和文化评论工作，培养的十几位评论家构成当代广西文艺评论队伍的重要力量。他们不但发表了大量的文艺和文化评论文章，还出版了多部分量厚重的评论著作。例如，丘振声的《中国古典文艺理论例释》《艺术美》《桂林山水诗审美漫话》《艺术概论》《新竹集》《文化·文学·民俗》，李建平的《文学桂军论》《广西文学 50 年》《文艺新视野》，雷猛发的《作家之门》，以及文学研究所选编的《花山文学漫笔》等。一批成果获得广西社会科学优秀成果一等奖、二等奖和广西文艺创作"铜鼓奖"。近三十年来广西出版的三套评论丛书，都有广西社会科学院评论家的身影。在 1990 年至 1991 年出版的 6 卷本"广西少数民族文学评论丛书"中，雷猛发参与选编《广西壮族文学评论集》，过竹参与选编《广西苗族文学评论集》。在 1996 年出版的 5 卷本"评论家接力丛书"中，就有李建平的《理性的艺术》。在 2012 年出版的 20 卷本"广西当代文艺理论家丛书"中，入选的 20 位有代表性的理论家和评论家就包括广西社会科学院的丘振声、李建平和王建平。广西社会科学院的评论家主要聚集在文化研究所。该所成立于 1984 年，原称文学研究所，2000 年改名为文史研究所，2014 年改为现名，主要从事文学艺术、戏剧影视艺术、历史文化、民族文化、抗战文化的研究与评论。由 丘振声 、 杨绍涛 、雷猛发、蔡定国、顾绍柏、李建平、覃振锋、王建平、王绍辉、过竹、杨映川、任旭彬、黄璐、罗荷香等研究人员组成了一支老中青相结合的评论队伍，一直活跃在当代广西文坛，对文艺作品、文艺家、文艺和文化现象发声评论，褒优贬劣，激浊扬清，在发挥出"一面镜子、一剂良药"作用的同时，彰显出鲜明的评论风格与个性。

在中华民族伟大崛起的时代里，广西社会科学院评论家们认真学习和贯彻落实习近平总书记在全国文艺工作座谈会和中国文联十大、中国作协九大开幕式上的重要讲话精神、《中共中央关于繁荣发展社会主义文艺的意见》精神，以及《中共广西壮族自治区委员会关于繁荣发展社会主义文艺的实施意见》精神，顺势而为，建立广西文艺评论基地，把文化研究所打造成为广西文艺评论重镇。广西社会科学院党组、科研处和学术委员会大力支持文化研究所集结力量，整合资源，构建平台，打造品牌，出版这一套"广西社会科学院评论丛书"，从而达到组建队伍，增强实力，谋求发展的学科建设目的。此次出版的 4 本评论集，是广西文艺评论基地建立以来的第二批成果，与第一批成果合起来，构成了完整的 11 本一套，是广西社会科学院评论家实力的集结展示。今后，我们将以此为契机，不负期望，努力奋斗，多出成果，继续编辑出版第二套、第三套丛书，以评论实绩来推动广西文艺乃至文化大繁荣大发展，为把广西社会科学院建设成为新型智库而贡献力量。

王建平

广西社会科学院文化研究所副所长、教授

广西文艺理论家协会副主席

广西文艺评论基地主任

# 目　　录

# 文艺评论

# 深厚悠远的红水河文化魅力

## ——评黄佩华的《生生长流》

    一方水土养一方人。地气不同，则民风有异，民风有异，则文风也迥异。每一个有着独特风格和鲜明个性的作家，都秉承一定地域的历史文化渊源，其创作必然打上地域文化的烙印。生之养之育之的土地，不仅给予作家取之不尽、用之不竭的创作灵感和素材，而且直接影响着他们的审美情趣、思维方式、文学观念、创作风格、心理结构。作家只有坚持本土化写作，将艺术触角指向属于自己的艺术世界，才能找到艺术表达的最佳突破口，创作出不同凡响的文学作品。

    桂西北红水河地区石峰林立，山多地少，自然条件极其恶劣，由此造成了这块土地上的人们生活的艰辛。严酷的生存环境并没有磨灭桂西北人的意志，反而锻造了他们坦率豪放的性格、乐观豁达的胸怀和坚忍顽强的生命力。红水河以其独特的自然风貌和人文风貌孕育了深厚丰富的红水河文化，也影响了一代又一代的桂西北作家。

    奔流不息、血性激扬的红水河孕育了多姿多彩、神秘独特的红水河文化，积淀了广西最具本土意义的民族传统文化，滋养了一批广西优秀的作家。"广西最具本土意义的红水河文化以蓝怀昌、聂震宁、东西、鬼子、凡一平、黄佩华为代表。"① 作为一个从红水河畔走出来的壮族作家，黄佩华的笔下涌动着红水河一个个古老而神奇的故事。长篇小说《生生长流》所体现的正是一个壮族作家对自己熟谙的本民族地域文化的努力把握和感悟。小说以一个红河家族的百年风流传

---

    ① 黄伟林：《中国当代小说家群论》，中央编译出版社，2004。

奇沧桑史，生动展现了绚丽多彩、诡异神秘的红水河文化，深刻揭示了红水河文化的丰富内涵和独特魅力。

## 一、感悟红水河

黄佩华曾说："对于一个文化人来说，认识红水河和感悟红水河是困难而有益的。和地质学家、水利专家不同，文化人对红水河的认知和发现乃至利用都是凤毛麟角的，甚至是九牛一毛的，因为红水河不仅凶险，而且还深远和神秘。由于独特的地貌和自然因素，红水河流域的文化也具有自己惟一的特性。"正如沈从文之于湘西、贾平凹之于商州、阿来之于川藏，对于生于斯、长于斯的红水河流域，黄佩华始终怀着一片"恋土"深情，从一个文化人的视角努力去发掘和感悟这片古老神奇的红土地。

《生生长流》是一部家族小说，更是一部纯粹的壮族小说。"壮族小说给我很大的安慰。"黄佩华如是说。小说以红水河为背景，以个人生命史的叙事结构抒写了农氏家族八个成员的生平经历，生动地展现了一个百年家族的风流传奇沧桑史。这里，家族作为乡土社会的一个基本单位，已不再是具体的存在，而是被赋予某种文化内涵的抽象的存在。家族作为民族文化的载体，家族的历史变迁也象征着民族历史文化的变迁。

小说的楔子写到，当"我"怀抱着初生的儿子站在南宁医院的阳台上，感受远在桂西北黄土下长眠的农宝田的气息。一种属于红水河的律动便如约而来，轻轻拍击着我们父子的心房，"我"感觉到那是一种血液的流动。新生的儿子作为农家的一滴血脉，正昭显了家族的香火延绵、生生长流。家族的创业者——农宝田一生娶了两位妻子，繁衍了四十多位农氏后代。农氏家族成员分布在全国各地，他们的故事也发生在不同的时间和空间里，是红水河这条精神纽带将他们紧紧地联系在一起，小说充盈着对红水河的眷恋、涌动着对"家"的渴望和回归。七公农兴发回家探亲的戏剧情节就充分体现了对故土的热爱和眷恋。这位农家成员年轻时候被国民党抓壮丁，参加过解放战争、抗美援朝，后又阴差阳错地到了台湾。当他重新踏上这片红土地的时候，内心的激动难以名状。"家乡在七公的心中是神圣而敏感的"，在他眼里，即使家乡贫瘠到"就是什么都不长，我也觉得家乡好"。他在野地里吃了一根冷硬的甘蔗仍意犹未尽，还要在野地里拉大便，因为"几十年没有在野地里拉大便了"。到了这一刻，七公积压了四十年的怀乡情绪终于得以淋漓尽致地宣泄。如果说七公——台湾所代表的是现代都市文化，那么红水河则代表的是一种传统的乡土文化，七公的回归表达了作者对民族传统文化的忧虑和思考。在鲁迅笔下，故乡是萧条落后的，是批判和同情的对象。因为他要担负沉重的历史使命，他以一个知识者的理性和先驱者的觉悟，立意要改造中国的传统文化，使之适应现代性转型的需要。因此目的，他对乡土的态度便不是依恋迷醉，而是清醒冷峻的批判。而在黄佩华的笔下，故乡虽然贫穷落后，却是深厚质朴、富于魅力的，是精神的家园、灵魂归属的栖息地。作者借七公浪漫的怀乡情节，给故乡添上了一种不证自明的魅力。这也表明了当代知识分子对故乡的重新审视和思考，是对本民族地域文化的自我认同。作者处在文化失落的现代文明中，渴望回归仍处于自然状态的红水河去发掘未被现代文明异化、淹没的民族传统文化，追寻一种民族"生生长流"的动力源泉。

## 二、展现红水河文化的丰富内涵

### （一）红河水流云天外，白崖峰立烟雨中

"文化生存于自然"[①]。独特的自然环境给红水河文化带来了特殊性。"八山一水一分田"是对红水河地区自然条件的生动概括。红水河两岸崇山峻岭，河床深凹狭窄，水流湍急，河水落差大，既不能用于灌溉，也难以行船，"红水河九十九道弯，十个竹排九个翻"是当年红水河上运输条件险恶的生动写照。特殊的封闭性地理环境，使红水河流域处于与外界相隔绝的状态，交通、通信的落后，又几乎断绝了与外界交往，接受新信息的可能性。这种状况，对社会经济的发展显然不利。但是从文化发展的角度看，这种相对封闭的地理环境，却最容易形成相对独立的地域文化特征。

自然，从来都是诗性的栖息地。黄佩华笔下的红水河不仅水急滩险、变化莫测，更是灵动鲜活、充满生命气息的。小说中有这样的描绘："农历腊月二十八清晨，红河边上的农家寨早早地就从寒冷和雾霭中苏醒。在村子的一些地方升起了一缕缕散发出柴草气味的炊烟，在屋顶和树梢上萦绕，然后与红河上不断升腾

---

① 庄孔韶：《人类学通论》，山西教育出版社，2004。

的浓稠的水汽混到一起。"① 袅袅炊烟、沉沉雾霭、浓浓水汽，构成了一幅淡远宁静、情趣盎然的红水河水墨画。自然景物是表现地方色彩的重要载体，而作为"香草美人"的隐喻和象征，景物描写在中国传统描写中始终是作为赋比兴的必要手段。作者在自然景物的勾勒中展现了桂西北别有风味的过年图景，而小说的各色人物也在这一派其乐融融的过年图景中陆续登场，上演着一幕幕悲欢离合的故事。

自然环境不仅仅是人们繁衍生息的场所、人物命运悲欢离合的舞台，同时也是承载地域文化特色的重要母体。《生生长流》中展现的红水河奇特的自然景观，使小说获得了独特的美学价值，同时也是作家展现红水河文化的一个重要方面。黄佩华用饱蘸热情和灵性的笔将红水河点染成一幅色调鲜明、情趣盎然的桂西北风景画，极大地凸显了红水河的地域文化特色。

### （二）丰富多彩、神秘瑰丽的风俗民情

红水河地区是一个贫困地区，然而，与经济的落后相反的是，这里的文化源远流长，灿烂多姿。在这片红土上产生了壮族的创世史诗、英雄史诗，瑶族的创世史诗和独具民族特色的山歌、铜鼓文化，等等。壮、汉、瑶、苗等多民族在这里多元共生，衍生了奇异独特的红水河文化。长期以来，红水河文化是以自然、原始的方式存在的，由于地理的因素，这里文化的交流与传播的方式主要以局部横向为主，纵向的交流寥寥可数，正是如此，红水河文化具有独立性和原生态的特点。在红水河流域，民族文化传统不仅丰富多彩、神秘瑰丽，而且根深蒂固。

关注人们的日常生活和民间的民情习俗，从风俗文化视角寻找本民族的历史文化积淀，在探讨"国民之血脉"和并存的"历史情性"之间找到一条重建民族文化之路。风俗文化集中体现的是"中国社会变迁的绵延性，历史在现实中的回归性"②。在小说《生生长流》的开篇中，以百岁老人农宝田盼望亲人回家过年这一日常生活情态的描写慢慢地揭开了红水河文化神秘的面纱。作者以热情洋溢的笔调描绘了红水河流域淳朴的民风民俗：形状古怪的吊脚木楼，暖烘烘而又温馨的火塘，过年杀年猪的热闹场面，特色的风味小吃辣椒骨、红肠以及独具韵味

---

① 黄佩华：《生生长流》，长江文艺出版社，2002。
② 王铭铭：《社会人类学与中国研究》，上海三联书店，1999。

的山歌对唱，等等。从这些古朴的民风民俗描写中我们可以真切地领略到这块红土地的自然与美丽、质朴与蒙昧、野性与多情。

### （三）坚韧不拔、达观自信的文化品格

小说《生生长流》的故事发生在桂西北西林县一个偏僻的小山村里。与作者早期的作品《涉过红水》等所直接描绘的红水河险恶蛮荒的自然环境相比，《生生长流》中较少直接描绘人与自然相抗争的惊心动魄的场面，但是作者笔下刻画的人物却流露着这个特定的地域所造就的那种坚韧不拔、达观自信的文化品格。

环境造就了人，造就了一个地域文化的品格。《管子·水地》篇写道："齐之水道躁而复，故其民贪粗而好勇；楚之水淖弱而清，故其民轻果而贼；越之水浊重而洎，故其民愚疾而垢；秦之水泔聚而稽，淤滞而杂，故其民贪戾罔而好事。齐、晋（指两地之间）之水枯旱而运，淤滞而杂，故其民巧佞而好利。燕之水草下而弱，沈滞而杂，故其民愚憨而好贞，轻疾而易死。宋之水，轻劲而清，故其民闲易而好正。"① 古人认为一方水土便产生一方人的气质、精神和品格。清代的刘师培在《南北文化不同论》中认为："北方之地，土厚水深，民生其间，多尚实际；南方之地，水势浩洋，民生其间，多尚虚无。民崇实际，故所著之文，不外论事析理二端。民尚虚无，故所作之文，成为言志抒情之体。"② 即南方和北方由于地形地貌、气候条件等自然地理环境的不同而形成了不同的文学风格。自然环境给一个地域的文化的创造提供了某种特定的历史舞台，它为塑造一个地域的文化类型及其性格提供了内在的物质基础。其作用的重要和明显，可以从北方的刚健和南方的阴柔中略见一斑。因此，红水河这样的自然环境，必然会影响着红水河流域的社会实践和文化性格，更在意识形态文化和无意识文化心理上呈示出来。自然环境的险恶以及由此造成的生存条件的艰难，从积极的意义来看，对红水河流域的人的精神系统实际上完全构成了一种地老天荒的营养——祖祖辈辈的红河人在险恶的自然环境、频繁的自然灾害以及社会灾难的磨砺中，锻造和形成了坚忍顽强、达观自信的本质特征。小说中农氏家族成员在战乱动荡的年代里，在血雨腥风的政治斗争中，以他们那种农民式的质朴智慧和亲和团结的"血缘"力量维持着家族的稳定和兴盛，历经沧桑仍保持着那份坚忍顽强、达观自信

① 《诸子集成》，中华书局，1986。
② 刘师培：《南北文化不同论》，载《刘师培辛亥前文选》，三联书店，1998，第400页。

的本性。农氏家族的佼佼者们以一种开放的积极进取的姿态走出了大山，从农家庄走到县城、省城、京城甚至是考托福走向世界。这正是红河人坚忍顽强，达观自信品格的薪尽火传，是对红河人坚忍顽强，达观自信品格的昭示。否则，我们不能想象，这些大山的儿女，是如何"走出"这一片万里关山的。

我们还注意到，这种文化品格渗透到红水河流域的长寿文化中，"别看这里的山沟沟，空气好，人也长寿。"小说以农宝田为代表，描绘了这一独特神秘的文化现象。百年寿星农宝田通达乐观，年已百岁依然耳聪目明、精神矍铄。"我们红河边上的人也是怪，哪个越清苦寿命越长。河上有一个寿星老蓝，老得连自己几多岁都记不清了。吃的是玉米野菜、住的是山洞石窝，说起来那都不是人吃的住的啊。"这是红水河流域人们生存状态的真实写照。生活无疑是残酷和辛酸的，然而，在如此艰难恶劣的生存条件下，在如此沉重的生活重压下，人却能顽强地健康长寿地活着，他们所爆发出来的那种坚忍顽强的生命力确实是令人难以想象的。这里，"活着"本身就是对自我生命极限的挑战，同时也是对生命之花最美的礼赞。这种野性、顽强的如同巨石缝间野草般的生命力所体现的正是"雄心征服千层岭、壮志压倒万重山"的红水河文化精神。在此，虽然作者着墨不多，也没有从正面去直接描写环境的险恶、生存的艰难，但是，生长在红水河边上，作者对红水河文化坚忍不拔的精神品格是深有体味的。作者曾这样说道："你站在红水河边，看它浑浊的急流，看它深凹狭窄的河槽，看它犬牙交错的岸石，看那些居住在高高的岸上的人攀爬下去将河水背上来，你就可以判断什么是红水河文化了。在红水河边上，如果他是一个懒汉或者是懦夫，那么他就没有办法生存下去。"显而易见，生活在这块贫瘠落后的红土地上的人们是勤劳艰辛而又坚忍顽强的。在物质极度贫乏的条件下，如果没有这种坚韧不拔、达观自信的精神，人在艰险恶劣的自然环境中是难以获得生存的勇气和信心的。

### 三、小说的地域文化魅力

在特定地域中的人们的社会心理、习俗、性格、行为总是与一定地域文化环境密切相关的。文化是人类创造的，同时，文化又陶冶和塑造了人类本身，而文化与环境又具有一种相互适应性，不同的环境孕育着不同的文化类型和模式。正是人类、文化、环境三者之间这种相互影响、适应、涵化的过程，使得每一个民族、每一种文化在长期的历史发展过程中，逐渐形成自己的独特性。作为一种独具特色的地域文化，红水河文化有着自己独立鲜明的个性。《生生长流》通过对红水河流域的自然风貌、风俗民情、文化品格的真情再现，活现了红水河文化的丰富性和独特性。自古以来，文化呈多元而非一元发展，而正是这种种融会而成的明丽丰厚的地域色彩极大地彰显了文化的多样性。正如鲁迅先生所说的："有地方色彩的，倒容易成为世界的。"① 所以，在文学作品中鲜明地表现地域特征的作品，往往因其独特而引人注目，从而具有经久不衰的艺术魅力。因此，在全球化的时代背景下，作家只有坚持本土写作，并大胆吸收和借鉴外来文化的优秀成果，在进取中坚守，在磨砺中张扬，从生动活泼、自然淳朴的民俗文化中找到本民族的历史文化积淀。黄佩华始终将深情的目光投向那片自己所熟知和眷恋的红土地，渴望从深厚质朴的民间土壤中发掘蕴藏其中的使一个民族得以"生生长流"的传统文化精神，从中表达了一个知识分子对本民族文化发展的深层思考。这是小说的独特魅力所在也是其价值所在。

① 鲁迅：《鲁迅全集》（第 10 卷），人民文学出版社，1981，第 206 页。

# 桂西北民俗风情的艺术再现

## ——聂震宁小说的地域文化特色

　　聂震宁从 20 世纪 70 年代末步入文坛开始，就选择了桂西北这一特定的地域文化背景执着地建构自己的艺术世界。他深深地植根于桂西北这块厚土，秉承着纯朴厚重的民风和多元的地域文化滋养，展现了地处一隅的桂西北妩媚动人的山水风光、丰富多彩的风俗民情、坦率真诚的淳朴人物、富有韵味的方言土语，以及这种种融会而成的一种特殊的地域氛围和明亮的色调，集中表现了特定地域的文化形态以及优美而复杂的人性，凸显了桂西北文化的独特性和魅力。透过小说文本，我们可以深刻地认识到桂西北文化的丰富性和多样性，感悟字里行间流溢出来的桂西北地域文化的生机活力和独特魅力。

## 一、人化自然

　　自古以来，自然景物就是诗性的栖息地。险峻陡峭的大石山，密不见天的原始森林，穿越崇山峻岭奔流直下的红水河，在地下潺潺流动的暗河，缥缈迷蒙的云雾……在聂震宁笔下，蓝靛山、黑森林、红水河、暗河构成了一幅浓墨重彩的桂西北风景画。

　　红河水流云天外，白崖峰立烟雨中。滔滔红河水寄寓了无数文人骚客的无限遐想和绵绵情思。在《岩画与河》中，作者是这样描绘红水河的：

　　农历六月，桂西北大山里的雾很多，而红水河河谷一带的雾尤其多。人从漫漫黑夜里一觉醒来，会觉得那雾格外的白，白里透青，透蓝。雾很浓。分明是雾，你却会隐约觉得是浓烟，似乎还有点刺眼鼻。雾很沉。分明是轻轻柔柔的雾，你却会有被它压迫的感觉，隐隐觉得难受。起了雾，大山同深谷就填平了。一个坎坎坷坷，有棱有角，有红有绿的世界，被雾搅成了一团和气。轻狂的画眉、鹧鸪、竹鸡，也学得了雾的深沉，久不时只哼一声两声，像是挨雾压迫得紧，很辛苦的透气声。刚刚上市不久的蝉和金铃子呢，连一声两声也不能哼，叫你想象出它们在昏头迷脑的雾里昏头迷脑的情景。这时候，只有红水河的涛声，还在不歇气地响着，轰隆隆的，闷着声响着。你见不着暗红色的河水，深褐色的旋涡，灰黄色的浪，也见不着灰黑色的礁石同红土的岸。尽是雾。可是，雾里有雄浑的涛声，涛声越发雄浑；雾里有河水沉重的叹息，叹息越发沉重。满天的雾里，遍地的雾里，都回响着红水河的涛声和叹息①。

　　这是一幅写意的红水河水墨画，意境朦胧而悠远，充满了诗情画意的韵味，惟妙惟肖地展现了红水河生生不息的生命律动。缥缈弥漫的云雾给桀骜不羁的红水河增添了几分温柔、神秘；而雄浑的涛声则使轻盈的云雾增加了几分沉重。如果不是在红水河边生活，不熟悉这里的环境特点，是写不出这样优美生动的文字的。当然，作家并不是为写景而写景，而是以景托物、以景抒情，在景物描写中写出人的复杂心境。"作为'香草美人'的隐喻和象征，景物描写在中国传统描写中始终是作为赋比兴的必要手段。"② 雾迷了人的眼，也迷了人的心。达彩姑娘就在这云雾缭绕、涛声洪亮的红水河边痴痴地想着十九岁少女的心事。达彩同爸爸蓝老大住在蓝靛山老林里，做成了一个独家村。蓝老大与上级喝了交心酒，以一个猎人特有的坚忍和忠诚坚守着壮族祖先留下的古文物——岩石壁画。但是年轻的妻子却耐不住山里的寂寞和清冷毅然走出了大山。大女儿达飞也因为憧憬美好的爱情和山外的生活在一个漆黑的雨夜悄然离开了蓝靛山。"可能她永远不会回来了，可能明天就回来。"达飞的"出走"与沈从文《边城》中傩送的"离开"有些相似，但性质截然相反。因为"傩送是在爱情和同胞之情的煎熬中忍痛离开茶峒山城，达飞是在情欲和文明生活的牵引下逃离了岩画山。因为人的情欲和自然性对人的作用是一致的。于是说沈从文把人往茶峒的吊脚楼、碾坊以及碧溪岨的码头和绳渡上赶，聂震宁把人和狗都往山外更

---

① 聂震宁：《暗河》，广西民族出版社，1990，第173—174页。
② 丁帆：《中国乡土小说史》，北京大学出版社，2007，第91页。

广阔的文明世界里引。"① 妈妈走后，是姐姐把达彩带大的。而姐姐也走了，留给达彩的只有更深的孤独和寂寞。"她是一个孤独的姑娘，像一朵鲜活水灵的小丁丁的野花，开在人迹罕至的地方，她拼命地开放也没有人来采她。孤独和寂寞将是她终生的食粮。"② 所以，达彩对山外世界的渴望是极其强烈的，长大后她也决意离开大山，因为她想去玩耍，想日子过得热闹，想趁着年轻学这样，学那样，尤其是想去学织壮锦。这与小说的第二个故事中毕业于名牌大学的研究生索源对大山的渴望截然相反。索源为了探寻民族文化之根放弃了城里优越的生活条件甚至牺牲爱情，孑然一身独闯桂西北的蓝靛山。然而，踌躇满志的他却在密不见天、浓雾弥漫的原始森林里迷路了。决定离开大山的达彩和毅然独闯大山的索源是否会相遇，然后演绎一场浪漫的爱情故事呢？这如同红水河的浓雾般扑朔迷离。然而，在小说的结尾，作者告诉我们，当索源鸣枪求救的时候，达彩已经离岸渡河了，河水声太大，她没有听到枪声。一个向往山外的现代社会，一个向往山里的原始社会。达彩与索源的失之交臂是否意味着传统文明与现代文明的失之交臂？这是聂震宁留给我们的思考。

与奔涌腾跃的红水河息息相通的地下暗河是桂西北自然环境的一大景观。"地下有河，穿行于地底穿行于黑暗穿行于万千生命之下；地下之河，流向东流向西横于北溢于南奔流横溢无所不在，因此，称为暗河。"③ 中篇小说《暗河》以桂西北的壮族村寨——勒达寨为背景展开了叙述。在勒达寨有一个暗河口，壮族人称它作莫戈岩。莫戈是壮族传说中的英雄人物，能大能小能粗能细忽软忽硬忽柔忽刚的半人半神，早在京城上朝夜回广西睡觉的大王。勒达寨的人把莫戈岩指为莫戈出世的地方。高十数丈岩洞口呈椭圆，周遭有茸茸绿草，中间有涓涓细流常年溢出，而洞深十数丈又有暗河满满地流过，这便是那位半人半神的英雄的母亲孕子的宫殿分娩的通道。与其他许多民族一样，壮族有生殖崇拜的传统习俗。水是生命之源，莫戈岩暗河在勒达寨人的精神和生存中的地位是很神秘的。比如暗河帮助他们渡过了每一个旱灾，暗河还帮助他们生产了大量的后代。据

---

① 谭为宜：《人性的批判与塑造——读聂震宁自选小说集〈长乐〉》，《河池师专学报》2001年第3期，第20—23页。

② 聂震宁：《暗河》，广西民族出版社，1990，第175页。

③ 聂震宁：《暗河》，广西民族出版社，1990，第1页。

说，一个女人倘若希望生产一个娃崽，只要她在太阳落山之后，下到莫戈岩的暗河浸泡自己，大量地喝下暗河的水，总有一天会如愿以偿的。莫戈岩暗河是繁衍生命、生生长流的象征。这里远离中原文化中心，少受封建礼教文化的影响，生活没有太多的羁绊，人们只是遵照自然法则去生活、生产。

来从千山万山里，归向千山万山去。"开门见山"是桂西北自然环境的一大特点。桂西北的大山是黑色的大山，红水河上游的森林是黑色的森林，迥异于别处的黑山、黑森林，这里给予了聂震宁丰润的创作滋养和创作灵感。在聂震宁20世纪80年代初创作的小说中，黑森林成为一种底色，一种基调，成为引起人们探究兴趣的所在。他笔下的桂西北森林是黑色沉郁的：

云贵高原的余脉，红水河的上游。天界山老林子，是黑色的老林子。山太高了，山太莽了，雾罩子太密了，天太低了，山林就黑密麻了。绵延百把里，总是这样，春天是黑色，夏天也是黑色，秋天还是黑色，冬天就更是黑色了。只是春的黑色上浮着几片云一样轻一样薄的嫩绿；夏的黑色中时常辉映幽幽的淡淡的蓝光；秋的黑幕上闪动一簇一簇红色的火和黄色的火，那是枫树、栗树和山楂树一类；大约只有冬天，老林子才是扎扎实实的黑色。这里难有大雪，下了小雪，雪披在黑色的山林上，斑斑驳驳，显得山林更黑，显得山林更深更沉①。

聂震宁的"森林的故事"系列小说就是以黑森林为背景展开故事的。在黑色大山黑色森林里生活的人们也有着如同大山般刚毅，森林般深沉的性格。从黑山林里走出来的瑶族汉子们，总染上一身的黑色：黑色的盘头巾、黑色的衣服、黑色的胶鞋；再有，就是腰间挂着的牛角刀和葫芦水壶，肩上背着的猎枪同赶山棒，总也从深黄里透出黑色，这便是天界山老林子里的瑶族汉子们的基本形象。《山魂》中的岩，在黑森林里经历了三年的磨炼之后，从一个被人嘲笑的"香草"成为一个强悍、刚毅具有了"山魂"的真正的瑶族汉子。即使是瑶族妹子，也都是沾染了黑森林、黑大山的豪爽、强硬品格。在大山里成长的蓝山妹就是一个真正的具有大山品格的瑶族姑娘，她豪爽、率真、大胆、热烈，具有一股男子汉般的气概。是她让吃奶到八岁，同妈共床睡到十四岁，原来同"香草"般胆怯懦弱的岩成长为一个真正的男子汉。大山磨炼了人的意志，铸造了人的性格。在《猎

---

① 聂震宁：《长乐》，广西师范大学出版社，1998，第321页。

人之死》中，古郎，一个二十四岁的巴楼（白裤瑶）猎人，他身上所体现的大山品格令人由衷敬佩。古郎为了报父之仇，与一只凶猛恶霸的野猪王展开了一场惊心动魄的恶斗。最后他以年轻的生命证实了一个猎人的荣誉。但是，面对一个经历了生死搏斗的英雄躯体，山寨的父老兄弟们却只是平静地说了一句"成了"，便是对一个真正的巴楼猎人的认可。一句"成了"，多么平静而质朴，却蕴含了巴楼人对一个真正的猎人、大山的儿子所具有的那种坚忍不拔、刚毅深沉的品质的肯定和赞赏。是的，在殊死决斗之后，他，古郎，成了一个真正的巴楼猎人。

自然环境不仅仅是人们繁衍生息的场所、人物命运悲欢离合的舞台，同时也是孕育地域文化特色的重要母体。聂震宁小说中展现的桂西北奇特的自然景观，不仅使小说获得了独特的美学价值而且也是作家展现桂西北文化的一个重要方面。聂震宁用饱蘸热情和灵性的笔将大瑶山、红水河、暗河、黑森林……点染成一幅色调鲜明、情趣盎然的桂西北风景画，极大地凸显了桂西北的地域文化特色。

## 二、迷写风俗

在中国这片广袤的土地上，地理条件不同，民风习俗相异。正如《晏子春秋》所言："古者百里而异习，千里而殊俗。"风俗是一种社会传统，是"创造于民间，流行于民间的具有世代相袭的传承性事象（包括思想与行为）"①。"风俗文化所体现的是一个民族独有的传统，在外显的层面上表现为最司空见惯的日常生活中一个民族恒常的、不断重复的生活方式，而在其内隐的层面中，它牵扯着民族文化传统的深层积淀，承载着源远流长的文化精神。作为民族文化传统中的日常生活样式，它包孕了最丰富的民族文化内容，对反映民族和地区的群体意识、文化心理最稳定、也最有代表性"②。人是社会中的人，也是文化中的人，从出生的那一刻起，周围的风俗便深刻地制约和影响着人的思想和行为，塑造人的性格。既然文学以发现人、表现人为己任，那么探讨文学创作中的风俗文化现象也应是题中应有之义。文学通过对风俗的描写来思考人的存在方式、探寻历史渊源、审视社会文化，从而建立起文学与社会生活、文化之间的积极的对话关系，使得文学

---

① 张紫晨：《中国民俗概况》，载《民俗学讲演集》，书目文献出版社，1986，第222页。
② 王嘉良等：《中国新文学现实主义形态论》，文化艺术出版社，2002，第254页。

具有更为深广的社会历史文化内涵。聂震宁对桂西北民族风情风俗投以极大的热情和兴趣，沉迷于对其的写作。他通过对桂西北活色生香、绚丽迷人的风俗民情的生动描绘，不仅凸显了桂西北独特的地域风貌，渲染了浓郁的生活氛围和民间文化色彩，同时也从中展开了人生的世相百态，表现了人性的本真与生命状态。

（一）生活习俗

聂震宁对桂西北的日常生活习俗进行了精彩细致的描写，主要体现在桂西北人的衣食住行描绘上。服饰民俗是指有关人们穿着、鞋帽、佩戴、装饰的风俗习惯。服饰文化是人类外表装饰、审美趣味、精神气质的综合文化现象。《易经·尧日》中说："君子正其衣冠，尊其瞻视，俨然人望而畏之。"服饰成了身份的标志、族群的识别符号、等级地位的象征。服饰作为一种凝结物质文化和精神文化的文化产物，成为一个民族特有的外部表征和符号被长久地固定保存下来。聂震宁在小说中生动细致地描绘了桂西北地区少数民族绚丽多姿的民族服饰。"白布头帕裹着长长的黑发，白布花边裤配着黑布上衣"（《猎人之死》）便是桂西北白裤瑶男人黑白分明的硬调子的服饰。白裤瑶女人的衣裳上印有金印花纹，男人的白裤膝盖处锈着五条鲜红的红线，这样的穿着打扮是非常富有民族特色的。那么，白裤瑶的服饰有什么文化内涵呢？相传，瑶王原先管辖南丹县城一带，由于瑶王的印信被女婿骗去了，因而失去权力，丧失了土地。瑶族人民为了纪念历史上反抗民族压迫的斗争，便在妇女的衣服上绣上方形的花纹，象征着被夺去的印信，以示子孙永远不忘。至于男子裤上所绣的红色直条花纹，也是瑶王在南丹城被土司打败，因腿受重伤，鲜血外流，人们用手去敷，手上沾的鲜血，将裤脚印出五条血痕。从此，人们就仿血迹，染成红色，制成裤子，一直延续至今[①]。如此具有悲壮色彩和斗争意义的传说得到了人们的认可。白裤瑶的服装显然是以其独特的形制作为族群特征的，有明显的民族标志性。白裤瑶黑白分明的民族服饰，负载着一个民族沉重的历史记忆，展现了一个苦难深重的民族坚韧不拔的精神品格，同时又体现了在忍辱负重与艰难困苦中保持着心灵的纯洁和善良的爱憎分明、正直勇敢、善良素朴的民族性格。而同样是瑶族，天界山的瑶族服饰与白裤瑶服饰又有所不同。"黑色的盘头巾，黑色的衣服，黑色的胶鞋，再有，就是腰间挂着

---

① 广西壮族自治区编辑组：《广西瑶族社会历史调查（第三册）》，广西民族出版社，1985，第128页。

的牛角刀和葫芦水壶，肩上背着的猎枪同赶山棒，总也从深黄里透出黑色，这便是天界山老林子里的瑶族汉子们的基本形象"（《山魂》）。黑色的服饰与黑色的大山、黑色的森林浑然一色，显示了天界山瑶族大山般深沉、刚毅、沉稳的民族性格特征。桂西北侗族的服饰也别具特色。在《八月笙歌》中对侗族青年男女的穿着打扮有细致的描绘：看梅霞和梅芳穿的绣了花边的衣裳和百褶裙，胸前戴的一块巴掌大的银牌，抹了油的发髻上插的一把月牙形的塑料梳；再看看竹生和石根新崭崭的蓝靛缠头布，蓝得有点透暗红的侗布新衣……四个人都好像头一回才认识到这些山水和自己、伙伴是很爽神很美的（《八月笙歌》）。还有毛南族头上戴的用来挡雨的花竹帽，都独具特色。服饰经过长久的发展，已经由最初的遮体功能，成为审美品位的一种体现、身份认同的象征。作为民族身份的重要标志，服饰不仅能体现出多姿多彩的民族风情、民族文化和地域色彩，而且凸显了人物的性格特征和精神气质。

民以食为天，桂西北地区的饮食文化是颇具特色的。糯米饭是桂西北地区壮族、瑶族、侗族、毛南族等少数民族人民都喜爱的地方风味特色食品。尤其是壮族在三月三、清明节等节日制作的五色糯米饭最具民族风味。五色糯米饭又称"五色饭""花色饭"。制作时，将红兰草、黄花、枫叶、紫番藤的根茎或花叶捣烂，取其汁分别浸泡糯米，然后分别放入蒸笼中蒸熟，便形成红、蓝、黄、紫四色，加上糯米的本色白色，合成五色饭。这种五色糯米饭不仅色彩缤纷，而且香味袭人，甘甜爽口，并具有清热解毒之功效，深受人们喜爱。"他们拴好船，吃饱了从家里带来的干鱼和糯饭团，背着竹篓走上宽阔的柳州码头"（《八月笙歌》）。玉米洋，也叫玉米粥。红水河地区山多田少，所以多种植玉米，玉米粥成为人们的主食。将玉米碾磨成粉末状，待水烧沸后，一边用手抓玉米粉均匀地撒入锅里，一边用手持一根木叉不停地搅拌，使之均匀受热而不结团，煮熟即可食用，口味独特。"没得水田，总吃玉米，吃法也特别，把玉米粉煮成糊，叫作玉米洋。吃惯了的人说爽口，吃不惯的人多吃两餐就要呕"（《云里雾里走马帮》）。山里的人喜欢喝红兰酒。红兰酒是一种口味独特的米酒。以红兰草浸汁配上优质糯米为原料，经传统工艺酿制而成。"红兰草酿成的红兰酒，红红的，香喷喷的。天界山瑶族人把这酒留到红白喜事时才用"（《山魂》）。侗族的油茶、酸肉是独具特色的民族风味美食。侗族的油茶不仅是待客佳品，也是侗族一年四季的食品。油茶的制作方法各地均不同，简单的做法，就是在油锅里放少许老茶叶，烧半焦，冲水，煮沸呈黄色后，放盐便成油茶，放一团饭或玉米或豆子、花生之类在碗里，泡进茶水，就可食用。侗族以油茶待客、以油茶联络感情，展现了侗族热情好客、与人为善的民族性格和精工细作的饮食文化。"侗不离酸"是侗族饮食文化的一个重要特点。侗家有句俗语"三日不呷酸，走路打闹蹿"。侗族在一年四季都制作不同的腌制品。侗族地区由"酸"引申出的食物品种非常多，有酸剁辣椒、腌辣椒、腌咸菜、腌酸鱼、酸肉、腌汤水，并且猪、牛、鸭、鹅肉和各种野兽肉、各种鱼、虾类，也可以腌制。"他给雕刻家喝了花生油茶，吃了酸肉和蒸糯饭，笑眯眯地听了雕塑家叙述昨晚的苦恼和进寨时的遭遇"（《侗乡的眼睛——一尊香樟木雕的故事》）。

在桂西北最具有特色的民居就是干栏式建筑。作者笔下的桂西北人居住的就是这种别有风格的木制或竹制房屋。干栏是二层建筑。上层是人居住，下层圈养牲口或堆放杂物，有的居室前沿还围长栏杆，侧沿建有晒台。这种建筑形式，称为干栏、麻栏等。这种干栏房屋与桂西北的地理环境、气候条件等相关。桂西北地区高温多雨、瘴气重、猛兽多，干栏建筑，因地制宜，既通风防潮、防瘴气，又避猛兽蛇害，适应南方的气候变化和地理环境，具有独特的地方民族特点。

### （二）人生礼仪

聂震宁对桂西北的婚嫁丧礼作了非常详细的描绘。以婚俗为例，无论是古老的抛绣球定情还是现代婚礼都可以不同程度地折射出源远流长的社会民俗。在聂震宁的笔下，我们可以感受到桂西北异域风情的婚嫁习俗。

在《绣球里有一颗槟榔》中，作者以田园牧歌式的抒情笔调抒写了壮族以抛绣球定情的婚恋习俗：

在情窦初开的壮族姑娘的壮锦荷包里，常常珍藏着一个美丽的绣球。它是姑娘准备赠给心上人的定情信物。美丽的绣球上，有五彩丝线绣成的花朵，缀着柔软轻扬的绸布穗子，寄托着姑娘对爱情美好的向往。绣球里包着雪白的木棉和黄灿灿的五谷，包容着姑娘对爱情果实的真诚而朴实的祝愿。姑娘的绣球呵，是姑娘的心①！

---

① 聂震宁：《去温泉之路》，漓江出版社，1985，第42页。

这个古老的民族风俗，表达了壮族人民对美好爱情和幸福生活的向往和追求。虽然在今天的壮族地区已经不盛行，但是对民族风情熟稔于心的聂震宁将故事娓娓道来，充满了柔情蜜意，表达了对美好人性的讴歌和赞美。

我们再来看看《男婚》和《女嫁》两篇小说中对桂西北婚嫁风俗的描写。长乐的婚礼，古时有新娘坐花轿哭嫁的习俗，重礼相聘，三拜九叩，仪式十分烦琐。现代讲究的婚礼则是，即使男方家和女方家同在一条街，只有几十步之距，男方也要租用小轿车，披红挂彩，载起新娘经水泥路石板路青砖路，游行完东门西门南街北街才轰轰烈烈驶到男方家门前，风光一场。风俗仪式是容易变的，而不容易变的是人的心思。婚嫁仪式不过是浮在水面上的冰山一角，聂震宁想要揭示的是潜藏在长乐心中的对婚嫁的"集体无意识"。《男婚》中，被长乐骂作"现代陈世美"的赖癫子抛弃了家乡的未婚妻，去追求大城市的姑娘，后来失败而归，以致疯癫。吕家老二步其后尘，也同样放大胆子追求大地方的姑娘，失败后险些变癫。对此二人，长乐表现出既愤慨又怜悯的复杂感情。长乐讨厌好高骛远追求大地方姑娘的轻狂后生，尤其不满因此而一败涂地的轻狂后生，因为这丢了长乐的脸。在《女嫁》中，与男婚的大张旗鼓、喜气洋洋稍有不同。长乐嫁女之时，总有隐隐的耻辱感和失落感，嫁往的地方越大，这耻辱感和失落感就莫名其妙地越强烈。长乐女上海青被人欺骗感情后顿使长乐感到耻辱、怨恨和懊丧。而当这个后生来求和时，长乐又一致对"外"，使其狼狈而归。长乐似乎对自己的姑娘有所怜悯和宽容，但闲言碎语也伴之而来。当上海青最后嫁给了比长乐穷比长乐小比长乐土的凤山的一个男人后，长乐认定，上海青从此完了、堕落了，给长乐丢面子了，所以也就不会再爱她了。

聂震宁的《砍牛》描写了白裤瑶砍牛的丧礼习俗。在惨烈的砍牛丧礼中，揭示了一种内在价值的矛盾冲突。白裤瑶山区最偏僻的黑龙寨养牛，然而自古不兴用牛。在别处，牛是农家宝，可这里"养牛，图的是它不像猪，同人抢口粮，它吃草，养它不蚀本，还能到圩场上卖个大价钱。这些牛，大都不穿牛鼻子，性子野，要驯成耕牛，还实在不容易"。高中毕业的瑶族后生阿海率先驯牛耕地，在寨里引起一场从脚犁到牛犁的变迁。此后，阿海愈加爱牛了。可阿爸在六月天不幸病故，治丧活动要由寨佬做主。先是下半葬，八月十五之后，再举行葬礼，"葬礼上要敲铜鼓、吹牛角号、唱葬礼歌，还有砍牛"。在葬礼上砍牛，不知是哪个年代传下的规矩，说是给死人牵牛上天堂做伴。作为一个受过教育并具有一定现代意识的青年，阿海深知耕牛的价值，所以不愿让牛成为古老落后习俗的牺牲品。但是寨佬却固执地要按照当地的风俗办理丧事。然而阿海为了让自己心仪的石芸姑娘——城里的一个女作家搜集创作素材，最后也只好忍痛割爱答应砍牛举办丧礼。小说生动细致地描写了在天色阴沉、寒风呼啸之中举行丧礼的整个过程。砍牛作为一种民俗存在，十分惨烈，暴露出人性残忍的一面。砍牛虽然是一种奇风异俗，但是面对阿海忍痛割爱跪着对牛哭泣的凄惨场面，谁的心情也不会是轻松的。小说反映了以阿海为代表的现代价值观念与以寨佬为首的传统价值观念之间的矛盾冲突。而沐浴着现代文明之风的石芸却因为猎奇或冠冕堂皇地以保护传统文化为由无动于衷地旁观着陋俗悲剧的上演，这不得不令人深思。所以，聂震宁从来都不是对奇风异俗的单纯描摹，而是通过风俗的展现来揭示文化内在的价值冲突，指出根深蒂固的传统文化对人的重压、对民族文化发展和社会进步的桎梏。

### （三）山歌艺术

壮族山歌源远流长、浩如烟海。汉代著名的历史学家刘向在《说苑》一书中收录了一首产生于春秋时代的著名的《越人歌》。据书中记载，楚国王子鄂君子皙在河上泛舟，一位打桨的越女用越语给王子唱了一首《越人歌》。鄂君子皙让人用楚国话翻译过来就是："今夕何夕兮？搴舟中流；今日何日兮？得与王子同舟。蒙羞被好兮，不訾诟耻；心几烦而不绝兮，得知王子。山有木兮木有枝，心悦君兮君不知。"[①] 这首美妙动人的民歌倾吐了一位平民女子对王子的爱慕之情，诉说着一个古老美丽的爱情故事。《越人歌》表明了壮族民歌的艺术形式已经十分成熟，也说明了壮族以歌会友、以歌传情的习俗古已有之。

山歌是壮族人民在生活和生产过程中产生的艺术珍品，它凝聚了壮族人民的智慧结晶，表现了壮族独特的情感表达方式，浓缩了壮族语言艺术的精华，积淀了丰厚悠久的文化内涵，是最富有魅力和表现力的民族文化艺术。壮族山歌，丰富多彩、形式多样。"从思想内容上，可分为：情歌、季节歌、农事歌、苦歌、祝歌、挽歌等等；就艺术种类来分，有各种短歌式、各种勒

---

① 宋太忙：《详注古诗源（上册）》，上海新民书局，1934，第19页。

脚歌式、各种排歌式、各种叙事长诗等等；就其艺术特色看，艺术形象优美，赋、比、兴手法独特，歌词语言形象生动，纯朴、刚健、清新、泼辣、深刻，集中反映了壮族语言的精华和壮族优美艺术形象"①。因而，在反映少数民族生活的作品中，山歌作为一种民族文化的精髓，与作品中的人物命运、艺术氛围是密切相关的。"小说与民歌结合，增强了小说的表现力，深化了主题，拓宽了作品的意蕴，升华了小说的艺术境界，甚至还可以说，对于有的作品，没有了民歌，便失去了整个作品。民歌在作品中具有举足轻重的地位和崇高的审美价值"②。

桂西北被誉为"歌海"，能歌善唱、以歌代言是桂西北人的鲜明特点。在聂震宁的小说《在宽阔的歌圩上》中，描写了在一年一度的三月三壮族歌圩上，从四面八方赶来的成百上千的后生姑娘聚集在一起，寻双寻对，男女对唱，以歌会友、以歌传情的欢乐热闹场面。嘹亮悦耳的歌声倾诉了丰富细微的内心情感世界，表达了青年男女对美好爱情婚姻的追求和憧憬。在《绣球里有一颗槟榔》中，作者以一首壮族民歌"九十九里旱庄哟总有一眼清泉，九十九座荒山咧总有一朵花香"作为小说的引子，展开一个美丽动人而又带着淡淡忧伤的爱情故事。这首古老的民歌表达了山里的壮族姑娘不仅长得貌美如花，而且还有一颗如清泉般清澈见底的美丽心灵。这就点明了小说的主题，为小说故事情节的发展做了铺垫。而在小说中穿插的壮族山歌则起到表达人物内心情感，烘托人物性格，推动故事情节发展的作用。当达伦姑娘在勒龙与勒古之间进行二难选择，难舍难分的关键时刻，恰巧村外飘飘忽忽地飞来一道山歌，是两个后生的合唱：

> 铜锣不打千年响，
> 明镜不照万年光；
> 成家不得友情在，
> 人人记哥心肠好。

马上，姑娘们的山歌也传来了：

---

① 黄勇刹：《壮族歌谣概论》，广西民族出版社，1983，第 4 页。
② 陈丽琴：《论壮族当代小说中民歌的运用》，《民族文学研究》2004 年第 4 期，第 138－141 页。

> 高山架桥不用墩，
>
> 蜘蛛结网不留门；
>
> 心好不用自己讲，
>
> 生死关头见分明。

这两首歌是对后生哥真情真心的由衷赞美，很好地表达了达伦、勒古、勒龙三人之间纯真而又微妙的情感。此时此刻应当是达伦必须做出重大而神圣的抉择的时候了。

姑娘们又唱：

> 鹧鸪难舍路边啼，
>
> 荷花难舍塘中泥，
>
> 鲤鱼难舍滩头水，
>
> 蜜蜂难舍桂花枝。

后生们回唱：

> 舍了罢，
>
> 舍得油盐苦瓜甜，
>
> 鲤鱼舍得滩头水，
>
> 跳过龙门上青天！

这两首山歌，则把小说的故事情节推向了高潮。美丽善良的达伦把两个包裹有槟榔的绣球同时抛给了两位后生。但最后以勒龙自愿退出促成达伦和勒古的婚事而告终。山歌不仅推动了故事情节的发展，而且营造了一种古朴悠远、诗情画意的艺术氛围，让人真切地感受到壮族的乡情美、人情美。

在桂西北，除了壮族，其他少数民族如瑶族、苗族、侗族等也是非常喜歌善唱的。聂震宁的《老同古歌》就是以白裤瑶的一首老同古歌来表达瑶族人民独特而闪光的民族性格。深山老林里的瑶胞喜结"老同"，"老同"就是同心同德、同苦同甜、同喜同仇，乃至同年同月同日死的朋友。这首荡气回肠的《老同古歌》是瑶族民间文学中的一个瑰宝，关于它的来历有一段感人肺腑的故事，是瑶族同胞不惜以生命的代价誓守友情忠诚的见证。

欧唷唷！秤哟，秤得起金，秤得起银，秤不起一颗老同的心！欧唷，老同有颗金不换的心！

欧唷唷！风哟，吹得散雾，吹得散云，吹不散老同的一片情！欧唷，老同情像大榕树的根！

欧唷唷！天神哟，移得动山，移得动岭，移不开天下同心的人！欧哟，老同哟，同一个身，共一颗心！

一首老同古歌，诉说着一个美丽动人的故事。作者以老同古歌为题目，又以老同古歌贯穿小说始末展开故事情节，将瑶族同胞陆老同与解放军王连长之间同生死共患难的真挚友谊娓娓道来，感人至深、催人泪下。老同古歌展现了瑶族独特的民族风情和民族性格，从中可以感受到瑶族同胞赤诚、善良的心。

山歌是民族的心，是民族的魂，最能体现民族的精神气质。山歌蕴含着丰富的文化内涵和极大的艺术魅力。美妙的山歌，世代传唱，宛如醇酒，愈久弥香。聂震宁在小说中以山歌来反映少数民族的生活和艺术，不仅增添了艺术的地方色彩，而且极大地拓展了小说的审美空间。

## 三、活用方言

语言不仅是文学表达思想内容的工具，而且它本身也是文化载体和文化构成要素。方言是传承和保存地域文化的重要载体，同时它本身又是地域文化的重要组成部分，凝结积淀着特定地域的历史文化内涵，反映着某一地域的自然与人文特色，独特的风俗与民情。正如 L. R. 帕默尔说的："语言忠实反映了一个民族的全部历史文化，忠实反映了它的各种游戏和娱乐，各种信仰和偏见。……语言不仅是思想和感情的反映，它实在还对思想的感情产生种种影响。"① 方言是一个作家的母语，作家童年的记忆、感受和情感体验都蕴藉在方言中。方言对作家独特审美表达的影响，对许多作家来说使用方言有助于表达作家对生活的认识和深层体验，放弃方言就会失去记忆甚至是自我，对认识生活造成阻碍。方言中有许多精彩的语词，精练、生动、耐人寻味，能准确地描绘事物、刻画心理，表情达意。运用方言进行文学创作对汉语写作本身会起到丰富和补充的作用。作家运用方言进行创作不仅能营造新颖奇特的审美效果——语言的陌生化，而且对凸显地域文化、强化地方色彩无疑具有重要意义。因为方言本身就是地域文化的一个

---

① L. R. 帕默尔：《语言学概论》，商务印书馆，1983，第 139 页。

重要标志，适当地使用方言土语能够营造浓郁的地域文化氛围。同时，方言还有助于作家文体和语言风格的创造和形成。很多作家语言风格的底色就是方言，例如离开了北京话，老舍的风格就没法显现。

聂震宁不仅以极大的热情和兴趣描绘桂西北的地方风物、奇风异俗，而且对具有浓郁地方色彩的桂西北方言也充满了描绘的兴味。长期在桂西北少数民族地区生活和工作，聂震宁对桂西北特有的方言是十分熟悉的。他用浸润了桂西北风味的方言俗语进行写作，使其作品呈现出一种浓郁的民族色彩和地方色彩。从聂震宁小说的方言俗语中可以透视其所倾心描绘的红水河流域的文化特色。"桂西北方言实际上就是汉语桂柳方言，但桂西北地区是广西各少数民族主要聚居地之一，而它是各民族之间语言交往的工具，因此有不少富有民族文化内涵的语汇沉淀其中。聂震宁在其作品中成功描绘的一幅幅具有桂西北红水河文化特色的风俗画卷，与他在小说中灵活运用富有地方特色的地名、人名、物名等方言词汇和富有审美价值的方言词语、俗语山歌是分不开的。"①

聂震宁小说中的人名很富有桂西北的地方韵味。如"布洛陀"，是壮族神话传说中的壮族智慧祖神。"布洛陀"为壮语的译音，其中"布"〔pau5〕是指地位崇高的祖公；"洛"〔lo4〕即通晓、会做；陀〔to2〕意为法术、施法。神话传说中的布洛陀可以解释为早期居住在山间场，后来居住在岭坡谷地间的无所不晓、无所不能的会施法术的骆越人的祖公②。"冬天，他们常常围在达伦家的火塘边，小手搭在达伦她阿公的膝盖上，听他讲始祖布洛陀的故事"（《绣球里有一棵槟榔》）。在小说《云里雾里走马帮》中的赶马老手叫"哥代"。壮族山寨里常常有一个汉子被称作"哥代"。"哥代"是大哥的意思。大哥是众人的领头人，寨子里的自然领袖。被称为"哥代"的人，年长月久，"哥代"就成了他自己的名字。《岗波老爹》中，"岗波老爹"是一个外号。"岗波"在壮语里就是"吹牛"的意思，而"岗波老爹"就是喜欢吹牛的老爹。按照桂西北山区壮族的习惯，一个人若凡（如果）有了第一个娃崽，他在寨子里的称呼也就要随着娃崽的名字发生变化，做父亲的，在娃崽的名字前加一个"佬"字，做母亲的加一个"乜"字。这种称呼包含着一种庄严和荣誉，表明这个人是有后代的，并不命苦孤寒（《岗波

①　翟红：《聂震宁小说与桂西北方言》，《广西民族学院学报》2003年第6期，第138—141页。

②　覃乃昌：《布洛陀文化体系述论》，《广西民族研究》2003年第3期，第65—72页。

老爹》）。这些人名具有很浓郁的民族文化特色。

聂震宁小说中描写的许多地名颇具桂西北特色，承载了丰富独特的地域文化内涵。如《云里雾里走马帮》中，"肯坝寨""勒马寨"都是壮语音译地名。壮语"肯坝"的意思是在山坡上，"肯坝寨"即在山坡上的村寨。由于桂西北地区山多地少，人们为了不占用稀少的耕地，村寨多是依坡而建；壮语"勒马"的意思是赶马，"勒马寨"就是以赶马帮谋生的村寨。因为山高路险，山民们通常要靠马来把山里的东西驮运到山外去，于是就有了像"哥代"这样以赶马帮糊口的赶马人，因而也就出现了在云雾弥漫、半边山崖半边深渊的山道上赶马帮的惊魂动魄的一幕。这种带有浓厚韵味的地名点明了桂西北山民典型的生存环境，真实地再现了劳动人民的生活面貌。

作品中使用的比喻流露出浓厚的地域特色。如：在《在宽阔的歌圩上》中，勒朗被众人叫作"独猴"。这一带壮家把不肯合群不肯帮人的人比作"独猴"，哪个后生得了这个外号是很丢丑的。通过这个比喻可以了解壮族人的爱憎以及他们乐于助人的善良本性。"女人的心思像结成茧的蚕丝，硬是难弄得清头尾；像红水河里的鳝鱼，难捉得住它。"用红水河的鳝鱼来比喻姑娘令人难以捉摸的心思很生动贴切，而且很具有地域特色。在《八月笙歌》中，平溪寨的芦笙不仅不容易坏而且用得越久越抵钱，"抵钱"就是值钱的意思。所以，平时侗家人夸哪个老歌手的嗓子好，就说："老桑嘎（歌手），老芦笙了！"这样的比喻很具有民族特色和地方风味。在《侗乡的眼睛——一尊香樟木雕的故事》中，队长对林之光说："众人看到你雕的是梅云的像，烂心茶子摆样子，炸不出油。"茶子是桂西北山区山茶树上结的果子，可用来榨油。把贪图享乐、心灵丑恶的梅云比作炸不出油的烂心茶子，表达了侗乡人民的爱恨。

聂震宁小说中的动词、形容词也很有地方特色。如："莫急笑先"（先别笑），"没晓得丑"（不知道害羞），"醒水"（理解、明白），"合我心水"（合我的心意），"为哪样"（为什么），"捞钱"（赚钱），"古榕寨做娃崽的满月酒，素来有一定的格局，既不能太小气太孤寒（寒酸），也不兴太铺排太红火"，等等。

方言是一个地域中人们对生活感性认识的积淀，也是一种文化积淀和历史积淀。方言传达着特定地域的文化信息。现代语言学认为，语言不仅仅是交际的工具和符号，在语言中，符号和信息互相依存。苏珊·朗格说："方言的运用表现出一种与诗中所写、所想息息相关的思维方式。"[1] 德国语言学家洪堡特也认为：
"每一种语言都包含着一种独特的世界观。"[2] 也就是说每一种语言都包含着属于
某个人类群体的概念和想象方式的完整体系。聂震宁善于采撷、提炼富有地方韵
味的乡土俚语、俗语，并运用得潇洒自如、恰到好处，把桂西北的地方色彩原汁
原味地呈现出来，增强了小说的表达效果和艺术张力。聂震宁小说的语言土而不
俗、清新活泼，形成了自己独特的语言风格。他用浸润着泥土气息的方言表现了
桂西北人特有的思维习惯和表达方式，展现了桂西北独特的生活图景和别样的生
活方式，活现了桂西北的文化特质。

---

① 苏珊·朗格：《情感与形式》，中国社会科学出版社，1983，第 251 页。
② 申小龙：《汉语与中国文化》，复旦大学出版社，2003，第 42 页。

# 紧跟时代步伐　奏响时代强音

## ——改革开放 30 年广西文学的发展及成就

　　1978 年，党的十一届三中全会的召开，开启了改革开放的伟大序幕。改革开放 30 年来，中国人民以一往无前的进取精神和波澜壮阔的创新实践，谱写了中华民族自强不息、奋发图强的新的壮丽史诗。大国在崛起，中国一步步走向繁荣富强，经济建设、政治建设、文化建设、社会建设均取得了举世瞩目的成就，中国人民用他们的勤劳、智慧和勇于创新的魄力，迎来了中国历史上的空前盛世。

　　十一届三中全会，将党和国家的工作重点转向社会主义现代化建设，从此，我国进入改革开放的新时代。在 30 年辉煌历程的新时期里，广西的文学事业也经历了一个思想活跃、创作繁荣、事业发展的 30 年。在纪念改革开放 30 年的重要历史时刻，以马克思主义文艺的理论指导、科学先进的思维方法和开放的视野，全面、深入地开展对改革开放 30 年来文艺创作、文艺实践状况的研究总结，对加强马克思主义文艺理论中国化研究，推动中国特色社会主义理论体系建设，促进广西先进文化建设和文学事业的发展具有重要的现实意义。

### 一、广西文学 30 年成就斐然

　　30 年来，我国坚持"一个中心，两个基本点"，坚持解放思想，实事求是，坚持改革开放，坚持与时俱进的科学发展观，坚持走中国特色社会主义道路，不仅开创了我国经济社会发展的新时期，也为我国思想文化和文艺事业的活跃发展创造了前所未有的优越的社会环境。在拨乱反正、思想解放的大潮中，在"文革"中遭受极大破坏的文学终于重新焕发出新的生命活力，作家创作热情空前高涨，文学事业蓬勃发展。这是广西文学创作成果极为丰硕，文学事业发展最快的时期。尤其是 20 世纪 90 年代中期以来，广西文学经历了一个跨越式的发展，人才辈出、佳作纷呈，显示出不可小觑的创作实力。广西文学佳作层出不穷、作家队伍不断壮大、文学理论批评成果显著，并且攀上了全国文坛的较高档次，多部作品获得全国大奖，一举改变了广西文学以往平庸落后的局面，以边缘崛起的姿态造就了世纪之交中国文坛的一个奇异景观。

**（一）文学园地百花齐放**

改革开放 30 年来，是广西文学全面恢复、发展和繁荣的时期。沐浴着改革开放春风的广西文学呈现出百花齐放的欣欣向荣景象。在创作题材方面，打破了以往少数民族生活题材一枝独秀的局面，改革题材、社会问题题材等纷纷进入作家的视野，他们紧跟时代步伐，深入改革实践，敏锐地洞察和把握社会现实生活，生动而又准确地表现了改革开放之后的新思想、新观念、新人、新事物、新生活。在创作体裁方面，由 20 世纪五六十年代的以诗歌、小说和戏剧创作为主发展到 80 年代后诗歌、小说、散文、戏剧等各种文学体裁争芳斗艳的局面，尤其以小说的成就更为突出，进入了全国文坛的优秀作品行列。作品无论是在数量上还是在艺术质量上，都达到了较高的水平。20 世纪 80 年代，形成了以陆地、武剑青、黄继树、王云高等老一代作家和一批以"百越境界"作品为标志的青年作家的创作高潮。代表作《彩云归》《瀑布》《第一个总统》和"百越境界"作品在全国形成影响。20 世纪 90 年代以来，形成了以东西、鬼子、李冯、黄佩华、常弼宇、凡一平、陈爱萍等青年作家的创作为主要代表的签约作家、新锐作家的创作高潮，尤其以"广西三剑客"东西、鬼子、李冯的成就最大。早在 20 世纪 90 年代初期，1990 年《上海文学》第 12 期就同时推出喜宏、李希、黄佩华、常弼宇、小莹、岑隆业等广西作家的五部小说，这是广西作家在全国著名的文学媒体的第一次集体亮相。之后，东西的《没有语言的生活》、鬼子的《被雨淋湿的河》分别获得第一届和第二届鲁迅文学奖，李冯以《唐朝》等作品成为"联网四重奏"的首位获奖者，在全国形成一股冲力，产生了极大的影响。20 世纪 90 年代初，女性代表作家林白坚持女性主义的写作立场，其小说《一个人的战争》以鲜明的女性主义特征开创了中国女性主义文学个人化写作的先河，立起女性主义的旗帜，在全国文坛产生了广泛深远的影响。20 世纪 90 年代后期和进入 20 世后，张燕玲的理论和散文、杨映川的小说、冯艺和彭匈的散文、刘春的诗歌、黄伟林的文学批评和杨长勋的文学传记，相继进入文坛的视野，有的获得了国家级奖项。这些文学力作的持续推出，展示了广西文学群体的实力。广西文学以双重边缘崛起的姿态，在中国文坛牢牢地占据了自己的一席之地。

**（二）作家队伍壮大、人才辈出**

改革开放之前，广西虽然出现了几位在全国文坛有一定影响力的知名作家，如陆地、韦其麟、包玉堂等少数民族作家，但是就整体而言，创作人才仍略显不足。而20世纪80年代后，一批批文学新人在改革开放的春风化雨中茁壮成长，以前所未有的朝气和活力谱写了广西文学的历史新篇章，为广西文化的发展建设作出贡献。

自改革开放以来，尤其是20世纪90年代以来的广西文坛，以"广西三剑客"领衔的文学桂军集成了一支人员众多的作家群队伍。它包括：以黄继树、张宗栻、沈东子、宋安群、刘春、盘文波、龚桂华、王咏、庞俭克、苏理立、柯天国、海力洪、韦俊海等为代表的桂（林）柳（州）作家群；以潘琦、蓝怀昌、东西、鬼子、凡一平、彭匈、韦一凡、冯艺、黄佩华、梅帅元、张仁胜、黄堃、黄神彪、常弼宇、黄德昌、包晓泉、胡红一、刘锋、麦展穗等为代表的首府作家群；以顾文、廖全德、伍稻洋、杨斌凯等为代表的北部湾作家群；以张燕玲、杨映川、蒋锦璐、纪尘、贺晓晴等为代表的女性作家群；以王杰、张燕玲、陈学璞、李建平、黄伟林、张利群、唐正柱、杨长勋、彭洋、容本镇、黄祖松、王建平等为代表的批评家群体以及以林白、李冯、聂震宁、喜宏等为代表的"驻京"作家群。他们正以其不俗的才华和创作实绩，为广西文坛造就了一个人才济济、佳作迭出的时代。

**（三）佳作精彩纷呈、摘取全国大奖**

改革开放以来，广西作家力图崛起，用他们的创作实绩，为中国文坛奉献了一个个文学精品，并走向了中国文学的最高领奖台。1979年，广西作家王云高、李栋的《彩云归》一举夺得了全国第二届优秀短篇小说奖；1988年，聂震宁的《长乐》摘取了首届庄重文学奖的桂冠；1995年，作家东西的《没有语言的生活》荣获第一届鲁迅文学奖。次年，同为广西籍的作家鬼子以《被雨淋湿的河》摘取了第二届鲁迅文学奖的桂冠。而李冯则以《唐朝》等作品成为"联网四重奏"的首位获奖者。近年来,继东西、鬼子荣获鲁迅文学奖之后,一批青年作家的作品,也在全国打响,在全国性的文学作品评奖中榜上有名。他们穷则思变、奋发图强,用自己的文学佳作给中国文坛带来了一个又一个的惊喜,灿烂着中国南方的苍穹。

## 二、广西文学的特色发展之路

改革开放以来,我国的经济由计划经济体制向市场经济体制转变,中国社会发生了深刻的变化。在市场经济环境下,人们的思想观念、价值观念发生极大改变;大众文化盛行、精英文化退出时代中心逐渐被边缘化。在这样急剧变化和错综复杂的时代背景下,文学作为扎根于经济基础的上层建筑、精神产品,如果没有与时俱进地适应经济基础的变化,依然游离于生活和时代之外,那只能坠入时代的低谷,逐步被社会边缘化。所以,强化文学的社会功能,不仅与文学自身的发展生死攸关,同时更是现实社会的需要和呼唤。感召时代的呼唤,适应改革开放的发展需要,广西文学改革创新、与时俱进,在积极参与经济社会建设服务中,走出了一条独特的发展道路。

### (一)发挥区域文化优势,打造文学精品

改革开放前,广西文学基本处于在观念意识上对主流文学的亦步亦趋、随波逐流的状态。新时期以来,文学逐渐摆脱了创作单一模式,呈现多元化发展的态势。广西地处西部,民族众多,有着独特的以民族文化为内涵的丰富的区域文化资源。千百年来,多民族文化在长期的相互碰撞、交流和融合中共荣共生,衍生了千姿百态的民族文化,区域文化呈现多元共生的文化状况。得天独厚的文化资源为广西文学的长足发展提供了原动力。因此,文学的发展,应该借助国家的政治力,也应当借助文化力,借助文化力可以引导我们走出一条缩小与东部的差距的文学发展新路。1985年,中国文坛掀起了寻根文学思潮,广西文学界经过了1985年的"百越境界"大讨论和"'88新反思"两次文学观念的撞击,进入20世纪90年代后,文学创作上对东部发达地区文学的跟风写作局面得以终结。十多年来,广西文学逐步摆脱了对东部文学亦步亦趋的追随局面,找到了其自由生长、自主生长的内在规律,并强化了文学先锋性,形成了自主发展的态势,走出了一条依托区域文化优势、打造文学精品的文学发展新路。在新思路的引领下,

广西文学呈现新生姿态，生机勃勃，出现了如东西《没有语言的生活》《不要问我》等作品所表达的对后现代生存状态和人性变异的哲学思考，鬼子《悲悯三部曲》对社会现实的敏锐把握，黄佩华《生生长流》书写历史的宏大气魄，林白《一个人的战争》女性言说的大胆率真……作家们立足广西本土文化，革新思想观念，拓展文学表现内容，以独特的视角和敏锐的触感，把握时代的脉搏，反映生活的真谛，从而创作出思想深刻、内涵丰富、艺术纯熟，有着独特岭南文学风格和魅力的文学佳作。

**（二）深入改革实践，推动文学发展**

在我国继续深化改革开放，全面推进社会主义现代化建设，构建社会主义和谐社会的历史时期，文学家要有所作为，就应该走出书房、亭子间的个人狭小天地，到更广阔的社会天地中，参与到如火如荼的改革实践中，为社会主义现代化建设添砖加瓦。一切文学艺术都源于社会生活。改革开放30年来，广西的作家们广泛地参与改革实践，贴近实际、贴近生活、贴近群众，自觉地遵循邓小平提出的"自觉地在人民的生活中汲取题材、主题、情节、语言、诗情和画意，用人民创造历史的奋发精神来哺育自己"的要求，树立文艺为人民群众服务的思想，与人民群众打成一片，血肉相连，更好地满足人民群众的精神文化需要。正是对社会生活的深入认识和洞悉，使得作家在作品中能够较真实、准确地再现改革开放以来社会的新思想、新观念、新气象。作家深入社会生活，对改革开放时代的下层生活尤其是农村生活进行了深刻表现和深入挖掘，对奇诡堂奥的现实人生有了大胆生动的勾勒和描绘。如作家陈爱萍的《父老乡亲》《活下去》等作品对当代社会现实的反映，达到了十分深刻的程度，令人深受启发。作家鬼子直面现实人生，敏锐而深刻地反映了劳动人民的生活面貌，表达了对劳动人民的人文关怀。如《被雨淋湿的河》《上午打瞌睡的女孩》对一些社会问题的尖刻揭露，体现了作家敏锐犀利的目光和强烈的社会责任感。"鬼子平平淡淡地叙述着他们的故事，却在思考着我们时代最深刻的问题，他的思想正在走向我们时代思想的最前列，体现着我们时代的思想力度。"[①] 作家们在丰富的社会生活的基础上，细致入微地表现了改革开放以来国人的生存状态和精神面貌，开掘人性的深度，批

---

① 程文超：《鬼子的鬼》，《当代作家评论》2004年第1期。

判人性的假恶丑，弘扬真善美的人性光辉，创作出大量震撼人心的优秀作品，不断地推动广西文学事业的发展。

### （三）加大策划力度，加快发展步伐

改革开放以来，广西文学在明确自身发展方向和目标后，立足于经济欠发达的具体区情，进一步加大文学策划力度，集中各方资源，加快发展步伐。30 年来，尤其是近 10 年来，广西文学异军崛起，策划起到了极为关键的作用。其要点可归纳为以下几点：（1）实行签约作家制。广西签约作家制度自 1997 年开始正式实施，至今已有六届 53 位作家签约。签约作家制的制定和实施使得广西创作人才队伍逐渐稳定并发展壮大，为广西文学向更高层次迈进提供了强有力的人才保障。（2）加大评奖力度。以广西文艺创作铜鼓奖、广西青年独秀奖、广西文学评论奖的设立为典型。奖励机制的健全和完善，极大地鼓舞了作家的积极性和创造性，为广西文学的更好更快发展起到了推波助澜的作用。（3）领导高度重视。为拉动广西文艺事业的腾飞，自治区领导果断决策，实施培养广西跨世纪文艺人才队伍的"213 工程"和文艺创作的"精品工程"。建立起一套全新的文学创作管理机制、激励机制和保障机制，加大对文艺的扶持力度，尊重作家，关心新人的成长，从而使广西文学焕发出新的生机和活力，推动广西文艺事业的跨越式发展。广西文学的发展历程表明，加大策划力度，将策划揳入文学事业发展当中，创作、批评、策划并重，齐头发展，才能振兴广西文学，加快文化建设发展步伐。

## 三、结语

改革开放 30 年来，我国经济发展、政治稳定、文化繁荣、社会和谐，这为文学事业的发展提供了极为有利的社会环境。文学桂军抓住了这个千载难逢的发展机遇，革新思维、积极筹划、锐意进取，"以现代和后现代的叙述方式呼啸而来，令文坛大吃一惊"①。改革开放 30 年，广西文学异军崛起、成绩斐然。广西文学 30 年的发展历程和所取得的显著成就表明了只有以马克思主义、毛泽东思想、邓小平理论、"三个代表"重要思想和科学发展观为指导思想，全面贯彻和

---

① 贺绍俊：《广西群体的意义》，载白烨主编《中国文情报告（2004—2005）》，社会科学文献出版社，2005，第 28 页。

执行党的文艺思想路线、坚持社会主义的正确方向，立足区情，深入改革实践，紧跟时代步伐，奏响时代强音，才能实现跨越式的发展。回顾历史，我们无比自豪，展望未来，我们无比自信。我们坚信，坚持改革开放是人民和历史的选择。只有坚持改革开放，才能全面推进社会主义各项事业的蓬勃发展；只有坚持改革开放，才能弘扬中华民族的优秀文化；只有坚持改革开放，才能促进广西文化的蓬勃发展；也只有坚持改革开放，才能实现中华民族的伟大复兴。

# 沉沉父爱里的生命哲学

## ——评周国平的《妞妞——一个父亲的札记》

20世纪90年代，余秋雨的"文化散文"重新唤起了人们对文化的思考，同样，周国平的"哲理散文"以诗和哲理一样的文笔，荡涤着人们的心灵。周国平的《妞妞——一个父亲的札记》（以下简称《妞妞》）从女儿妞妞降生写起，到女儿病逝终结，倾诉了身为父亲的满腔哀情与愁肠，充满了对生命的悲欢离合的哲学思考。

我们不必要去体味众多名人学者对《妞妞》的评述，只要留意那个时代平民阶层的言论，就会发现《妞妞》给这个世界带来的震撼：

"我觉得，周国平为他女儿著这部书是他为捍卫生命的尊严以笔为刀与死亡所做的一场肉搏战。"[1]

"当我买下那本摆在书架上的《妞妞》，读完了周国平满纸的冷峻和温柔，我想说的是，在这个世界上，其实，我们都是妞妞。"[2]

"《妞妞》是为除周国平之外的另一个或其他许多的寂寞而写的。周国平大概永远不会知道，陪着他的寂寞坐着的，另外还有很多寂寞。"[3]

其实，无论是在周国平的心里、大众的眼里，还是在妞妞那个幼稚的世界里，他永远都只是一个父亲，一个普通的父亲，一个脱离了哲学家和散文家身份的、充满了柔肠和慈爱的父亲。妞妞短暂的一生，带给他欢乐、痛苦，还有坚强

---

① 转引自周国平《妞妞——一个父亲的札记〈新版自序二〉》，广西师范大学出版社，2000。
② 转引自周国平《妞妞——一个父亲的札记〈新版自序二〉》，广西师范大学出版社，2000。
③ 转引自周国平《妞妞——一个父亲的札记〈新版自序二〉》，广西师范大学出版社，2000。

和执着，对于周国平来说，妞妞是他永恒的女儿，更是他的哲学、他的生命。

## 一、哲学——字里行间折射出来的思想光芒

在周国平的世界里，哲学首先是他的爱好，也是他人生的重要组成部分。他在答《中国青年报》杂志提问时说："当初考大学选中哲学，是出于贪婪，文科理科都喜欢，就来一个折中。没想到哲学从此成了我的职业。我反对哲学的职业化，自己却是个受惠者。聊可自慰的是，哲学首先是我的爱好。"[①]

作为一位散文家，作者是非职业的，但却是出色的。对于写作，他主张"对自己说话"，崇尚的是一种真正自由的写作心态，认为真正的写作应该是使自己、也要使读者真正领悟生活实质和社会真相的能力。周国平的散文在当今散文界占有重要一席，其精神和文学水准是那些急功近利、好为人师、胡乱解读和"感悟"生活的作坊学匠们无法企及的。

在《岁月与性情：我的心灵自传》中，作者叙述了在一个思想贫乏的时代，始终没有丧失对生活的理想，或者说对个人命运不论发生多么艰难和不幸承受的变化中，在生命的过程中都坚持淡泊与执着的结合的历程。一个智者的心态是随遇而安，同时又是对机遇的把握采取敏感和机警的洞察。总是怀疑和反省、回忆与对比发生在短暂人生中的故事转折之间，它影响着周国平每一次人生选择。也正是这种选择的困惑、矛盾与挣扎成就了这位诗哲式的散文家。当然，他不明确认同这一身份，或者是介入学术与生命探索之间的犹豫、徘徊、懦弱，越来越使他成为这样的人，他是一个游离于诗与哲之间的人，一个难以用学院式方式来解读的思想者。

是哲学，促进了周国平的思想，净化了他的灵魂，充实了他的人生智慧，更造就了他对人生和生命的一种近似迷惑、欢愉、幸福而又痛苦的洞察力，也造就了他这部摧人心肺、悲欢离合的《妞妞》。

《妞妞》所引起的震撼是前所未有的，在这个处处显得浮华，人与人之间关系愈加功利化的时代，它给人一个得以净化心灵的机会，让我们在追求人世的浮华当中愈加了解亲情、了解爱、了解信任、了解永恒。周国平作为一个哲学家，不仅为自己思考，他更是用他的思考温暖了这个开始寒冷的世界，在他的世界里

---

① 周国平：《我的家园在理论和学术之外》，载《守望的距离》，东方出版社，1996。

即便世界永远是冬天，终能争取到爱充满世界的一天。"死"对于一个善于思考的哲学家来说是可以回避或者化解的痛苦，但对于身躯小得不足以感知自己的妞妞来说却是最残忍的事情，她没有体味人生的乐趣与苦楚就被剥夺了生的权利，这是不公平的。上帝不仅残酷地剥夺了妞妞的生命，也剥夺了周国平作为父亲的权利。《妞妞》是为所有为生命诞生喜悦，又为生命流逝哀伤的人写的，从对弱者怜爱的角度来讲，每个人都会有作安慰者的情结。让人无法接受的是在对生命是个奇迹的喜悦中，善良的人看到的是你最珍爱的人却离开你，不得不离开，无法拒绝。

这，就是周国平作为一个哲学家、一个思想者的思考，一种对生命和爱的思考和执着。

## 二、父爱——幸福而痛苦的情感体验

"我没有任何办法留住人生中最珍贵的东西，我只能把它转换成所谓文本，用文本来证明我们曾经拥有，同时也证明我们已经永远失去。"[1]

对于妞妞的死，周国平的痛苦是溢于言表的，写作或许只是"为了忘却的纪念"。从最根本的出发点上看，更多的是为自己，而要表达的却是因巨大的空缺产生的巨大的寂寞感。这是周国平最初写作《妞妞》一书的出发点和归宿。在《妞妞》一书的后记中，周国平就谈到过："我写下这一切，因为我必须卸下压在心头太重的思念，继续生活下去。"[2]

对于妞妞的降临，作者是充满着期待和幸福的。"4月的一个夜晚，你来了，把父亲的称号和最温暖的爱心赠给了我。"面对妞妞，作者说："眼前这个活生生的小生命与我的联系犹如呼吸一样实在，我的生命因此而圆满了。"[3]

对于妞妞的死，作者的痛苦是难以名状的，只觉得顷刻之间，那个随着妞妞"一起诞生的新世界已经崩塌了"，那个在妞妞"诞生前存在过的老的世界也无从恢复"，"世界多么假"。妞妞让作者投入地做了一回父亲，但是，"太短促了，刚刚上瘾，你就要走了"，"你只让我做了片刻的父亲"。

① 周国平：《妞妞——一个父亲的札记·新版自序》，广西师范大学出版社，2000。
② 周国平：《妞妞——一个父亲的札记·后记》，广西师范大学出版社，2000。
③ 周国平：《妞妞——一个父亲的札记》，广西师范大学出版社，2000。

　　所有的这些，作者是怀着怎样幸福而又痛苦的心情去描述啊。小鱼小鸟都有眼睛，妞妞却没有。这个可怜的孩子生来就那么热切而执拗地追逐着光明，当她看见一团橘黄色的灯光时她会笑很久；妞妞唯一一个生日，妈妈对客人说你们看妞妞的眼睛像不像波斯猫，爸爸告诉她波斯猫是世界上最美丽的猫；妞妞一遍遍的哭诉："磕着了，磕着了……"她不明白世界为什么老是磕着她；在妞妞即将离开世界的那些夜里，她躺在爸爸身边轻声唤着"爸爸"，爸爸也轻声应答，宛若耳语和游丝，在苍茫人世间还有什么比这样的生离死别更让人黯然销魂的呢？

　　事实上，我们从来不怕得不到任何即使我们很想得到的东西，我们怕的是失去我们曾经得到过的东西。妞妞的到来，让周国平体味到了做一个父亲的幸福，让周国平感到了自己生命的圆满，但是，那只是瞬间的事，妞妞的死，不仅让随着妞妞一起诞生的新世界崩塌了，也让妞妞诞生前的老的世界无从恢复了。可见周国平内心的悲痛与挣扎。任何感情都是这样，倾注过，付出过，爱过，不求回报，只想用生命微弱的力量握紧它。可我们活着的世界，总是有一些无法抗拒的力量，在它面前，爱，眼泪，显得那么软弱和无助！

　　对于周国平来说，妞妞的到来与离去，让他处在一种幸福和痛苦的情感交织当中。在妞妞两个年头的生命的日日夜夜里，他以父亲的身份在寂寞地弹唱，他始终在妞妞身边，看着妞妞如何睁大了眼睛要把这个拒绝她的世界看清楚，妞妞将会不带任何怨恨离去，她甚至将不眷恋这个为她日渐消瘦的父亲，在周国平的心灵深处，歌颂这个世界或者咒骂这个五彩缤纷的俗世对于注定必将失去小女儿的他来说都是徒劳，他替所有父母亲写下了孩子的诞生给他们带来的心境，为妞妞，也为自己。

## 三、妞妞——永恒的生命哲学

　　不能说妞妞的生死成就了周国平的哲学，但是，她确实成就了周国平作为一个哲学家、一个思想者对生命的思考。

　　周国平曾说："人生最重要的是充实，不管你感到的是痛苦还是幸福，人生应该是有内容的、充实的人生。"[①] 周国平失去妞妞后所遭受的痛苦和寂寞，造

---

　　① 摘自《"世纪大讲堂"二外行报道之三——著名学者周国平二外访谈录》，参见北京第二外国语学院网站。也见《北京青年报》2001年11月6日。

成了他人生的空虚之感，而这个空缺了的心灵需要另外一种东西来填补。于是，他用文字记录了自己与妞妞的一段人生历程，似乎是在揭自己的伤疤，却让他找到了一种生存的希望与缓和哀伤的方法。而妞妞的短暂的一生，正是他用哲学去诠释人生和生命的过程。

在《妞妞》中，周国平首先是一个父亲，而后才是一个散文家，一个哲学家。从文学的角度说，一个作家健全的主体人格中，应该浸透着强烈的人文精神，应该是具备个体生命与群体生命相通的生命意识、宇宙意识。郁达夫说散文应该是"智与情"的合致。这既是文学的要求，也是哲学的要求。周国平作为一个哲学家，作为一个思想者，"智"在他的身上体现的是一种对人生观和世界观的豁达、睿智的态度。"情"体现在《妞妞》中，不仅仅是作为一个父亲的爱，而且也是对生命的一种欢跃、无奈、迷茫而又倍加珍惜、呵护的全人类的情感。女儿的诞生与死亡带给作者的不仅仅是投入地做了一回父亲，更使他能够以一个父亲的眼光，跳出世俗的圈子，以一个哲学家和思想者的目光，冷静地审视着人世间的一切和生命的诞生与消亡的过程，理性而睿智地辨析了人生的意义和情爱的真谛。周国平的哲学素养使他的散文融进了深刻的哲学意味，让人们在感叹一个具体生命生死的同时，视野被拉大到了人类普遍的生命意识。将生命个体的悲剧意识泛化到人类的苦难中，并给予这种苦难以最具个人特质的深刻诠释，正是周国平深邃睿智的哲学意蕴在偶发个体事件中感人至深的生动涌现。

正因为这样，生命的悲欢离合，借助周国平的哲学思想，以妞妞这样一个活生生的娇艳凄美的生命得以深刻地表现了出来，这不是一种简单的痛苦，实际上更是对生命的一种永恒的渴求。

对生命的探讨，让生命与现实碰撞，我们仍然无法表达其中的内涵。周国平与妞妞仍没有让其中的内涵完美地展示给我们。这是一个长期的过程，我们的祖祖辈辈积累下来的生命，由一个人，两个人，三个人……仍然无法完全解读。面对妞妞的生死，周国平也无法参透生命其中的含义，唯有用他哲学的思想，在现实中选择了坚强和执着。

周国平在他的《自传》中说过，哲学是人类精神生活最核心的领域，而在精神生活的最深处，原本就无所谓哲学与文学之分。我不过是在用文学的方式谈哲学，在我的散文中，我所表达的感悟仍是围绕着那些古老的哲学问题，例如生命的意义、死亡、自我、灵魂和超越，等等。

　　生命与哲学，这是周国平一生所追求的，而姐姐的生与死，正是这两种思想的综合体，让作者更加深刻地看到了生命过程中的哲学意义。把情感升华至哲学的高度，把哲学融入情感世界之中阐释出来，就像泡一壶茶，情感是那沸腾的水，思想是那浓郁的茶香。这样的方式，使得情感增强了理趣，哲学变得深入浅出，生命也因此得到了人们的重视和珍惜。

　　"人生中不可挽回的事太多。既然活着，还得朝前走。经历过巨大苦难的人有权利证明，创造幸福和承受苦难属于同一种能力。没有被苦难压倒，这不是耻辱，而是光荣。"[①]

　　对于生命的意义，在《姐姐》中，周国平没有给我们一个确切的答案，但是，沿着他探索真理的心路历程，我们已经获得了一种思考的动力和探索的勇气。因为，在《姐姐》中，作者告诉我们，必须"卸下压在心头的太重的思念，继续生活下去"。

---

　　① 杨晓明：《〈姐姐〉的启示——评周国平〈姐姐——一个父亲的札记〉》。

# 展示文学发展新姿态

## ——评《文学桂军论》

　　由李建平、黄伟林、王绍辉、张燕玲、唐正柱、王建平、蔡勇庆、顾正彤合著的《文学桂军论——经济欠发达地区一个重要作家群的崛起及意义》日前由中国社会科学出版社出版了。这是 2005 年国家社会科学基金项目《经济欠发达地区一个重要作家群的崛起及意义》的重要成果，对于当代文学的研究具有非同寻常的价值和意义。它突破了以往文学批评与研究偏重对思潮流变的审视和作家作品的解读的思维模式，将文学放置于更为广阔的经济、社会和文化的时代背景下，研究文学与经济、文化之间的互动关系，拓展了文学研究的视野，丰富了文学研究的内涵，充实了文学研究的价值和意义，从而使批评和研究更贴近文学的本质内涵，更具广度、深度和力度。

　　20 世纪 90 年代中后期，在八桂大地上，一支作家队伍痛定思痛、心意已决、锐意进取，向中国文坛的前沿地带发起了冲锋。这支斗志昂扬的队伍在文坛上有一个响亮的名字——"文学桂军"。文学桂军的异军突起，打破了经济欠发达的广西在文坛上长时间保持沉默的尴尬局面，显示了不可小觑的创作实力。他们的创作及文化活动，为经济欠发达地区文学和文化发展提供了一种可资借鉴的模式。关注某个文学流派或是某个区域作家群体，对其作品进行解读的研究著作可谓汗牛充栋。所幸，《文学桂军论——经济欠发达地区一个重要作家群的崛起及意义》突破了这个思维局限，另辟蹊径，深入探寻文学如何借助文化力，促进经济欠发达地区经济、文化的发展以更好地实现文学的社会功能和价值。显然，这样的研究在当下的文学研究中是凤毛麟角、独具一格的，填补了当下中国文学研究的空白。《文学桂军论——经济欠发达地区一个重要作家群的崛起及意义》的出现，为当下文坛整理出一个颇有成就、富于特色且更具深邃内涵的作家群体样本。它以一种开放的、与时俱进的眼光和洞察力，敏锐而又准确地把握了文学发展的新动态，为市场经济时代的文学理论建设提供科学理性阐释，探索文学如何在经济欠发达地区全面建设小康社会的进程中发挥更大作用的途径和意义。这是作者的研究意图，同时也是其创新意识和文化意识的凸显。

作者以多学科的理论知识为支撑，运用文学、人类学、社会学等跨学科的研究方法，综合运用多种批评理论和方法，内部研究和外部研究有机结合，打破了单纯的"文本研究"的局限，更多地从天时、地利、人和的时代背景、社会环境、当下形势去探求文学桂军边缘崛起的生成背景、发展规律及其影响和意义。作者高屋建瓴地对文学桂军进行了整体观照，把握其发展动态和发展规律，深入挖掘作家丰富多样的生命姿态。同时，研究并没有流于空洞的理论概述，而是通过一个个具体可感的案例分析，进行了精辟的论证，使得研究更具穿透性和立体感。例如，作者对"文学桂军触电现象"的研究，尤其是对文学桂军的先锋——"广西文坛三剑客"东西、鬼子、李冯"触电"现象的探究，有理有据、独具匠心、中肯到位。通过宏观的理论阐述与微观的实践例证有机结合，揭示了文学与经济、文化的内在互动关系。一方面，文化产业对文学外部环境的重塑以及对文学内部规律的渗透具有重要影响；另一方面，作家、文学理论家对经济文化活动的参与和策划将会更好地发挥文学的文化价值功能，显示出文学的新的活力，从而推动社会经济文化的跨越式发展。

新世纪，随着经济社会文化的多元化发展，文学无法避免走向边缘的命运。而文学桂军的双重边缘崛起，不能不说是中国文坛的一道奇观异景。正如李建平先生指出的："走出'象牙塔'，反映时代潮，这应是新世纪文学的基本姿态。""广西文学的基本姿态已由纯粹的精神层面，进入了精神价值与物质兼具的新层面。"文学桂军以其开拓进取、与时俱进的开放品格，开创了广西文学的历史新篇章。在广西这块红色的土地上奔驰着一群意气风发、慷慨激昂的黑骏马。我们有理由相信，文学桂军的明天将会更加光彩夺目。

# 从文学研究到人生思考

## ——评王绍辉《当代广西文学的审美文化研究》

　　20 世纪 90 年代以来，关于审美文化的研究持续升温。大众文化、"日常生活审美化"成为研究热点，对本土文化的审美研究亦备受关注，彰显了该领域研究的蓬勃朝气。王绍辉先生的新著《当代广西文学的审美文化研究》由大众文艺出版社出版（2008 年 3 月版）。该论著从审美文化的视角考察当代广西文学，从文学角度展示了广西的民族风貌、精神生态和审美境界，较为全面深刻地把握了当代广西文学的审美特征和审美价值，充分体现了作者大胆求真的学术勇气和敏锐独到的学术眼光。论著占有材料充分翔实，逻辑严谨周密，宏观的理论阐述与具体入微的文本分析有机结合，具有较高的学术价值和理论价值。

　　从内容框架上看，该书具有系统性和丰富性。全书共分为三编：当代广西文学的审美文化历程、当代广西文学的审美文化形态、当代广西文学的审美理论特征。作者首先对当代广西文学的审美文化发展历程作了全面细致的梳理，认为当代广西审美文化经历了审美民族性、审美大众性和审美现代性三个发展阶段。之所以这么划分，是因为广西当代文学的发展历程是从少数民族作家的创作开始的，以韦其麟、李英敏、蓝怀昌、潘琦为代表的少数民族作家的创作就表现出独特鲜明的民族性，反映出广西审美文化的民族原生态。后经大批汉族作家作品的加入和繁荣发展，再到以"广西三剑客"为代表的新生代作家的创作走到全国前列，广西当代文学在审美文化上表现出从民族性、大众性到现代性的发展趋势。这样的梳理，充分尊重并符合广西当代文学的发展历程，从整体上清晰准确地把握了当代广西审美文化的发展脉络，表现出广阔的文学史视野和对作家作品的宏观把握能力。其次是对广西当代文学的审美文化形态的分析。在对广西当代作家作品进行深入研究和细致分析的基础上，作者指出，当代广西文学作家，尤其是20世纪90年代以来，异军崛起于中国文坛的文学桂军，其作品以独特的民族形象、朴素的地域风格、审美批判的力量、超越而和谐的境界、进取而包容的品格，显示出当代广西独特的审美文化魅力。最后是概括广西当代文学的审美理论特征。关于广西当代文学审美文化的基本特征，《当代广西文学的审美文化研究》有着不同于前人的理论创见。作者审慎而准确地提出了当代广西文学审美文化具有朴素美、和谐美、生态美三大基本特征。这三大特征不仅反映了当代广西审美文化理想的发展历程，而且全面精辟地解释了当代广西文学审美文化的特质，观点明确，论证充分，让人信服。

作为一本研究本土文学的审美文化的理论著作，该书始终将宏观的理论视野落实在精深的个案研究上，既有理论深度又增强了可读性。作者对少数民族作家作品进行了生动细致而又富有诗意的深度解读，力求对民族审美文化内涵有新的理解。对"广西三剑客"东西、鬼子、李冯的作品作了鞭辟入里的分析，准确到位，深中肯綮。比如，认为东西小说的艺术特色是"将社会中司空见惯的形象加以夸张性放大和反讽性批判，类似于'哈哈镜'和'魔幻镜'里的世界，产生发人深思和耐人寻味的艺术效果"。这样的评述生动贴切，颇有见地。在认真细读文本的基础上，敏锐地把握了鬼子小说的艺术个性及魅力，指出鬼子的小说在精神内核上是现实主义的，但其表现形式是"后现代主义"的，即鬼子小说是现实主义精髓与后现代主义方法的融合，"它是聚焦苦难而充满感情要解决苦难的新锐之作"，从而点明了鬼子之所以被称为"广西文坛三剑客"之一的原因所在。作者对李冯的两类小说——新历史小说和当代爱情故事小说进行深入剖析，揭示了其作品的精神内核和价值意蕴。同样，对于广西女性作家林白、映川小说的审美个案研究，也是颇有独到见解的。作者突破了以往单纯从女性主义视角研究女性作家的偏执，从审美文化的视角，将林白、映川置于更广阔的文化背景，准确而中肯地论述了其小说在中国当代文学发展中的独特贡献和美学魅力。

该书的写作目的，不只是广西地域文学跟文化的展示，还有更深刻的关于人生终极价值的思考。正如该书导言所说的："美学与人的生存关系越来越密切，它以自己特有的方式关注当代人的生存状况，追问生命的价值，探索生活的意义。……审美文化视域中的文学研究，至少从生存论和方法论上有可能引导人们走出'物质丰富而精神失落'的怪圈，而去追寻海德格尔意义上的'诗意的'，即艺术化的生存。"

《当代广西文学的审美文化研究》的出版是王绍辉先生多年来笔耕不辍的丰厚硕果，也是当代广西文学的重要研究成果。它所探寻的当代广西审美文化的特质及其普遍意义、它对广西人文精神的弘扬，对正在开展的学习和实践科学发展观活动，具有较深刻的现实意义。

# 桂西北文化精神的深度解读

## ——评《桂西北作家群的文化诗学研究》

　　由黎学锐、张淑云、周树国合著的《桂西北作家群的文化诗学研究》一书由广西师范大学出版社出版。该著作从文化诗学的视角对桂西北作家群进行整体观照和系统研究，深入分析了桂西北作家群的文化背景、精神气质、风格特征、审美情趣、价值取向及其发展态势，探讨该作家群群体边缘崛起背后所隐藏的文化内涵等深层次因素，拓展了广西本土文学与文化研究的广度和深度，具有重要的理论价值和现实意义。

　　桂西北地处大石山区，山高壑深，峰丛林立，山多地少，"八山一水一分田"，自然条件较为恶劣。然而，这偏远闭塞的穷山沟却走出了一群不容小觑的作家、评论家，他们犹如一股来自西伯利亚的强流横扫中国文坛，让人为之一震。桂西北为什么出作家，的确是一个值得深入探讨和研究的问题。该书在引论部分就围绕"桂西北为什么出作家"展开论述，归纳总结桂西北作家群的诞生、发展、壮大的四大原因：一是环境的造就；二是团队的力量；三是领军人物的引领；四是自我的充电。观点鲜明，令人耳目一新。

　　桂西北是多民族聚居地，居住着壮、汉、瑶、侗、仫佬等8个世居民族，民俗风情别具特色，民族文化灿烂多姿，神话传说、山歌文化、铜鼓文化、民间故事、民间宗教信仰等文化资源十分丰厚。正是由于根植于桂西北这片热土，可以汲取民族文化的有益养分，桂西北作家们才能创作出艺术形式多样、文学色彩丰富、思想内涵深刻的文学作品。以潘琦、蓝怀昌、聂震宁、东西、鬼子、凡一平、李约热等为代表的"桂西北作家群"边缘崛起，成果丰厚，成绩斐然，造就了中国文坛一道亮丽的风景。东西的《没有语言的生活》、鬼子的《被雨淋湿的河》获得鲁迅文学奖，在全国产生了重要的影响。桂西北作家群所取得的创作佳绩离不开作家自身的禀赋修养、勤奋努力，更得益于桂西北文化的浸润熏陶。该书在细致梳理桂西北作家群发展脉络的基础上，对桂西北作家群的文化视野和文化精神展开了深入细致的论述，提炼概括桂西北文化精神——苦难精神、感恩精神、自由精神、奋斗精神、团队精神、创新精神，准确把握了桂西北文化精神的深刻内涵。这种坚忍不拔、团结奋进、求新求变的桂西北文化精神不仅体现在桂西北作家群的作品中，更融进他们的血液里，成为他们的"群魂"。

"桂西北作家群"早为人知，然而对桂西北作家群进行整体系统研究的却凤毛麟角，正是在这个意义上，该书的出版无疑具有重要的现实意义和理论价值。

# 积极探索三农问题的力作

## ——评科普小说《股份农民》

　　由朱东、张越合著的科普小说《股份农民》日前由广西人民出版社出版。该书以包家屯为背景，以青年农民——包家文的创业史为主线，生动地展现了波澜壮阔的社会主义新农村建设中出现的新人、新事、新气象，真实而艺术地表现了变革时期农村错综复杂的矛盾冲突和发展走向，是一部关注农村现实，积极探索三农问题的力作。

　　我国是一个农业大国，三农问题关系着国计民生。20 世纪 90 年代以来的现实主义农村题材小说涉及了农村社会生活的方方面面。尤其是在当前社会主义新农村建设的时代背景下，关注和思索农村社会生活的变迁和农民的命运问题，显得尤为迫切和重要。

　　作者多年来一直从事农业和科技工作，对土地、对农民饱含深厚的感情，正是这片赤子情怀让他们自觉地站在农民的立场，将深情的笔触伸入农村社会生活的深处，剖析现实，观照人性。也正因为对农村的深入洞悉和了解，小说凸显了强烈的问题意识。小说以包家屯为背景，以包家兄弟的爱恨情仇为线索，真实地反映了农村改革开放后出现"空心化"的现实，如农村劳动力向城市转移、土地抛荒、农业发展落后、基层组织涣散等，表现了这一特定历史时期农村的新人物、新问题、新矛盾和新发展，生动展现了转型期南方农村色彩斑斓的历史画卷。作者对农村社会现象的关注和书写，对当代农民命运的思考，对农民文化心理的透视，对农业发展新模式的探索都有力透纸背的力度和艺术新鲜感，令人耳目一新。

能够担当起这场轰轰烈烈的农村改革重任的是那些思想开放、敢作敢为的"能人"。小说成功地塑造了有血有肉的农村"能人"形象。主人公包家文就是一个典型的有思想、有抱负、有胆识、有干劲的农村能人。到广东打工几年后，包家文不顾女友的反对，回到家乡开始了艰难的创业之旅，创业之路可谓艰难险阻、困难重重。这其中有小农意识传统因袭的沉重，有非法六合彩的疯狂肆虐，有宗族矛盾的是非纠葛，有权利的斗争角逐……在经历了"珍珠熊事件"的惨痛失败后，他吸取经验教训，脚踏实地地从自己熟悉的养殖业起步，与大哥一起合股搞养猪场。当上龙山村村长、支书后，为解决大量耕地丢荒和农村"空心化"问题，他迎难而上，积极探索，大胆创新，改组了村委会，将村变成"公司"，将村委会变成"董事会"，土地成股份，农民变股东，最终带领乡亲们走上了一条脱贫致富的道路。同时，小说中还塑造了许多心系三农，以科普惠农兴村，真心实意地帮助农民脱贫致富的基层干部和科普工作者形象。如揭露"珍珠熊"欺诈内幕，怀着满腔的热情关注农村和农业发展，维护农民权益的省科技报记者郑卫民；以科普惠农兴村，一心一意为农民谋福利的县科协主席邓建新；还有深入农村基层，认真指导农村工作的周书记，等等。正是他们对农村工作的狠抓落实和全心全意为农民服务的无私奉献精神，推动着农村改革的发展步伐，使封闭落后的农村发生了翻天覆地的变化。

语言不仅是文学表达思想内容的工具，而且它本身也是文化载体和文化构成要素。方言是传承和保存地域文化的重要载体，同时它本身又是地域文化的重要组成部分，凝结和积淀着特定地域的历史文化内涵，反映着某一地域的自然与人文特色，独特的风俗与民情。《股份农民》灵活地运用了方言、俚语，不仅生动形象地勾画了农民的性格特征，而且把桂东南的地方文化原汁原味地呈现出来，极大地增强了小说的表达效果和艺术张力。

作为一部科普小说，《股份农民》还具有一种难能可贵的真诚和质朴。读之，有一股暖流在心中流淌。

# 宏大叙事与个体经验的巧妙缝合

## ——评电影《青春之歌》

20 世纪 90 年代以降，关于"红色经典"的研究越来越受到人们的关注。《青春之歌》是一部典型的知识分子成长小说。知识分子是新中国成立后文学题材中最难处理的对象，然而，《青春之歌》作为一部正面描写知识分子成长经历的长篇小说却一举获得了成功。同时，同名电影《青春之歌》作为新中国成立十周年的献礼片被搬上银幕，反响热烈。

### 一、知识分子的成长史与革命史

《青春之歌》主要是描写大革命时期青年知识分子的成长历程，它以革命历史叙事的方式对中国现代历史及其发展规律作出合法性的论证。作者杨沫曾说："我塑造林道静这个人物形象，目的和动机不是为了颂扬小资产阶级的革命性和她的罗曼蒂克式的情感，或是对小资产阶级的自我欣赏，而是想通过她——林道静这个人物，从一个个人主义者的知识分子变成无产阶级革命战士的过程，来表现党的伟大，党的深入人心，党对于中国革命的领导作用。"[1]《青春之歌》以林道静——一个知识分子的人生选择证明中国共产党领导的合理性和合法性。这在政治历史上也许早已成为一个众所周知的结论，但在文学上则是一个颇有新意的形象阐释。

《青春之歌》带有鲜明的自传色彩，女主人公林道静的成长经历与作者杨沫

---

① 杨沫：《青春之歌·出版后序》，中国青年出版社，2000。

的经历极为相似。杨沫曾多次说过,《青春之歌》是一篇"传记式"的小说,是"我的经历、生活、斗争组织成的一篇东西"①。但在作者创作这部小说的年代,以"个人记忆"叙述一个知识女性自我成长的经历显然是不可能的。在20世纪五六十年代的中国,个人话语被"民族国家"话语所取代,集体主义的高扬压抑了个体的主体性。在这里,作者将作为知识分子的自我的人生经验,个人的成长经历,以革命现实主义的典型化方法织入了中国革命知识分子如何由"小资产阶级"成长为无产阶级先锋战士的宏大叙事之中。其"织入"方式主要是将最具个人化特质的爱情叙事与政治叙事进行巧妙的缝合,在经验与超验之间建立暗喻转换的关系,使知识女性林道静的爱情经验与革命知识分子的成长历程统一起来。这一统一性,在小说中具体呈现为林道静爱情经验中由三个男性所构成的中国现代革命知识分子的三个成长阶段②。

林道静是性格独立的人物形象。为了反抗旧式包办婚姻,17岁的美丽少女林道静愤然离家出走。如同许多追求个性解放的"五四"新女性,林道静在个人成长的道路上迈出了"革命性"的第一步。然而,满怀希望的她不但寻兄未果,还陷入另一个男人的虎口。在绝望中她欲跳海自杀,被北大学生余永泽救起。"诗人兼骑士"的余永泽谈理想、谈人生、谈文学,很快获得了美丽少女的芳心,两人由相爱发展到同居。余永泽给予了林道静爱和美,将林道静个体生命中的爱与美唤醒。林道静对余永泽的爱恋以及与余永泽的结合,表明"中国知识分子在走向革命的成长旅途中,首先选择的是来自西方的以个性解放为核心的人道主义。而在林道静与余永泽经营温馨小家庭的日子里,余永泽身上的个人主义、爱情至上,追求自我价值实现的思想与行为,在林道静的心目中日益丧失魅力,并使他沦为自私的、平庸的、只注重琐碎生活的男子形象,就其历史实质来讲,则意味着在阶级矛盾和民族矛盾日益激化的20世纪30年代,五四文化精神的某些方面正在遭遇贬值"③。轰轰烈烈的五四运动走向低潮,使更多的知识分子清醒地意识到自身的局限性,他们在徘徊中积极寻求新的解放道路。林道静与余永泽

---

① 杨沫:《自由·我的日记》,花城出版社,1985。
② 李杨:《成长·政治·性》,《黄河》2000年第2期。
③ 黄忠顺:《个人记忆与宏大叙事的巧妙缝合——论〈青春之歌〉叙事处理之特定时代的成功因素》,《阴山学刊》2004年第1期。

的决裂实质上也是中国知识分子与自身弱点的决裂。

卢嘉川是以"精神英雄"的面貌出现的。虽然同是北大学子，但卢嘉川与余永泽却是两种完全不同类型的人。"余永泽常谈的只是些美丽的艺术和动人的缠绵的故事；可是这位大学生却熟悉国家的事情，侃侃谈出都是一些林道静从来没有听过的话。"卢嘉川的出现给林道静平淡沉闷的生活注入了新鲜的活力，林道静被这位英俊潇洒、冒险、果敢的革命青年深深吸引了。卢嘉川的被捕直接导致了林道静与余永泽的决裂。革命、国家民族话语取代了小资产阶级的个人主义和自由主义话语，林道静从个人狭小的天地里挣脱出来，接受了马克思主义学说，开始产生了对共产主义的朦胧向往，产生了新的成长冲动。共产党人卢嘉川的思想启蒙，使林道静意识到个人命运必须与阶级命运相结合，从而使林道静在精神上获得了拯救，完成了第二阶段的成长。

江华是"革命英雄"的化身。卢嘉川被捕入狱壮烈牺牲后，稳重、沉着的当时已经是中共县委书记的江华继续引领着林道静走向更高层次的成长。江华的出现构成了林道静成长的第三阶段。在江华的领导下，林道静开始了将一般的革命的理论与中国具体的革命实践相结合，在伟大的人民革命斗争中锻炼成长的阶段。影片生动地描写了她在农村的磨炼、监狱的考验，并终于成为一名中国共产党党员，成为声势浩大的学生运动的领袖。林道静完成了她转型的过程，终于成长为坚强勇敢的无产阶级革命战士。同时，江华也由林道静的革命导师成为求爱者，而林道静的内心经过一番痛苦的争斗与挣扎后接受了这个早已深爱自己的"这样的布尔什维克同志"。至此，林道静终于找到了人生理想的归宿——革命理想与爱情理想的合一。

## 二、一个女人和三个男人的恋爱史

从表面上看，《青春之歌》描述的是一个小资产阶级知识分子如何成长成为坚强的无产阶级战士的奋斗史。但是，当我们仔细阅读文本时，却发现另一条潜在的主线贯穿文本始终，即一个女人和三个男人的情感故事。林道静从个人挣扎到成为革命者的"奋斗史"和她从失败到成功的"恋爱史"，究竟哪一条应该算小说发展的主线？我们从中没法判断。正如程光炜所指出的那样："虽然主流话语塑造了小说《青春之歌》的主题，却不能弥补它日益暴露的缝隙，使《青春之歌》成为一部成功的小说的，并不完全是政治因素，还有一些另外非政治性的因素。也就是说，小说《青春之歌》的情节设置中有某种政治因素无法驾驭的运作程序。"① 其中的爱情故事就是引人入胜的重要因素。由于作者的女性身份，杨沫显然更关注与女性的成长息息相关的情感问题。因而，这种知识分子的成长历程和女性自身的情感历程相融合的革命和爱情相顺而生的叙事模式，使得文本呈现出了复杂性和可读性。林道静作为一个典型的"五四"新女性，因为不满家庭的包办婚姻离家出走，孤立无助。而后她所遇到的三个男人都是扮演着"英雄救美"的角色。在这里，我们看到的是一个知识女性冲破封建包办婚姻的藩篱追求和寻找个人自由和幸福的历程，以及在这过程中与三个男人发生的情感故事。也可以说，杨沫诉说的是"娜拉"离家出走之后的种种浪漫而曲折的遭遇和经历。

余永泽是林道静生命中的第一个男人。林道静离家出走、寻兄未果，前途渺茫，在绝望中欲从岩石上投海自尽，被一直在默默关注她的北大学生余永泽救起。有着"骑士兼诗人"风度的余永泽很快俘获了走投无路的美丽少女，两人由相爱发展到同居。林道静与余永泽相遇、相识、相爱的过程其实就是鸳鸯蝴蝶派故事情节的翻版。但是，"一二·九"运动之后，卢嘉川的出现打破了林道静的平静生活。

卢嘉川，一个英勇刚毅、英俊潇洒的革命青年，应该说是属于一般女子心目中的白马王子的那种类型。刚认识林道静时，卢嘉川便"严肃地"与林道静谈起了"国家大事"，新的政治话语很快引起了林道静的注意和兴趣。林道静在家里大量阅读了卢嘉川借给她的革命书籍，思想产生了飞跃。"赶快从个人的小圈子走出来"，卢嘉川的召唤使她激动不已。颇具反叛精神的林道静注定不安于狭小的个人天地，她渴望走向社会这个广阔的天地，在时代的洪流中接受锻炼和洗礼。在卢嘉川与余永泽的爱情选择中，林道静的内心充满了矛盾与痛苦，虽然她与余永泽的感情出现了危机，但是这种感情，像千丝万缕绊着她，希望就这样和余永泽凑合过下来。直到卢嘉川被捕，她下决心离开余永泽，还给他留下一张寸肠欲断的纸条：

---

① 程光炜：《〈青春之歌〉文本的复杂性》，《中国比较文学》2004 年第 1 期。

永泽：

我走了。不再回来了。你要保重！要把心放宽！祝你幸福。

静

一九三三年二十日

杨沫把这种儿女情长表现得细腻、真实，很符合一个普通女性进行情感的两难选择时的心理特征。虽然曾经有人批评，这样的描写过于小资情调。但是，正是这样一种女性温情的自然流露，使得林道静这个人物形象变得更加的丰满、真实可信。

江华是一个富有革命斗争实践经验的中共县委书记，在卢嘉川牺牲后担当起引领和教育林道静的责任。江华一方面耐心地培养林道静的共产主义意识，直至介绍林道静加入她梦寐以求的中国共产党，成为一名真正的无产阶级革命战士。另一方面，在引领林道静走向更高的人生理想的过程中，由精神导师变为求爱者，他身上所体现出来的"男人性"与余永泽、卢嘉川并无二样。虽然江华一直在竭力压抑这种情感，但是终于有一天情感爆发了，他轻轻握住林道静的手，竭力克制住身上的战栗，率直地低声说："道静，我想问问你——你说咱们的关系，可以比同志的关系更进一步吗？……"面对江华的表白，对卢嘉川念念不忘的林道静经历了一番痛苦、矛盾的挣扎后，终于接受了他的求爱。卢嘉川只是一个美丽而忧伤的梦，而江华才是真实的存在。林道静的选择，显然是一种符合女性软弱心理的对安全感的选择。林道静终于在江华这里寻找到自己爱情的归宿，同时这也是一种理想的人生选择，是爱情与事业的和谐统一。

## 三、结语

《青春之歌》在宏大叙事中糅进个人的记忆，在革命斗争的大背景、大格局中保留了些许的私人情感空间，展现了人性美、人情美。这样的文本在今天看来仍然是具有史学价值和艺术价值的。"红色经典"所蕴含着的对美好生活的向往，对理想的坚守，对信念的执着以及英雄主义的悲壮和崇高都是当下文学和文化所缺乏的。所以，对《青春之歌》进行再解读无论是从历史的角度还是现实的角度都是很有意义的。

# 白先勇小说评论

# 白先勇的小说创作与广西地域文化

文学与地域有着极为密切的关系，从某种意义上说，文学的发展在很大程度上得益于地域文化的丰富多样性。"地域文化"是在人类的聚落中产生和发展的，它以世代积淀的集体意识为内核，形成一种网络状的文化形态、风俗、民情、宗教、神话、方言，包括自然生态和种族沿革等等，组成一个相互关联的有机的系统①。每一个有着独特风格和鲜明个性的作家，都带有一定地域的历史文化渊源，其创作必然打上地域文化的烙印。

著名作家白先勇出生于广西桂林，在大陆度过了童年时期，一直到少年时代的 13、14 岁才随父母乔迁台湾。在历尽世事沧桑后，白先勇倾其毕生精力弹奏了一曲台北人的哀婉悲歌。白先勇虽然吸收了西洋现代文学的各种写作技巧，使得他的作品精练，现代感浓郁，但是他所写的都是中国人，所说的都是中国故事，具有浓郁的中国情。这是因为他的根深深扎植于祖国大陆这片热土，这里有他无法割舍的"家园情结"。对于白先勇来说，广西不仅仅是一个籍贯地名，还具有非同寻常的意义。秀丽迷人的自然山水、深厚悠久的历史文化、绚烂多姿的风俗民情共同构筑的广西地域文化对白先勇的小说创作产生了深刻的影响。

## 一、广西地域文化对白先勇小说创作的影响

籍贯是一个作家的出生地和早年的生活环境。一个人的出生地，对于他先天

---

① 田中阳：《论区域文化对当代小说艺术个性形成的影响》，《中国文学研究》1993 年第 3 期。

察受具有特殊意义，而其身世家庭则可对其后天所受的教育与影响作出说明。而
这个人的出生地所负载的不只是一个地名、地理上的一个村镇，或是山河湖泊，
还是该地所处区域的文化传统以及由此形成的风俗习惯；其后天教育的内容，也
包括他耳濡目染的当地的文化风气以及父母体现其文化价值观念的言谈举止①。
因此，考察白先勇的出生地桂林及其生活的特定的家庭环境、社会环境和自然环
境，对于研究作家无疑具有重要的意义。

**（一）家庭环境的影响**

白先勇是国民党桂系高级将领白崇禧之子，1937 年出生于广西桂林，在桂
林度过了欢乐的童年时光。家庭背景及其父母的言传身教、人格的渗透对他个人
的成长有着潜移默化的影响。

白崇禧是广西临桂人，从小读私塾，后入保定陆军军官学校。他不仅精通军
事而且饱读诗书，素有"小诸葛"之称。白先勇曾饱含深情地说道："对我来讲，
我父亲在我心中是一个英雄，他在我的人生中，我现在越来越发觉他的为人，对
我的影响越来越大。父亲常常和我谈到中国的古典文学。从某一方面说，他除了
是我的父亲之外，还可以是我的老师。"② 由此不难看出，白先勇在文学上的成
就与他父亲的言传身教不无关系。也正是由于出身将门，白先勇目睹了台湾国民
党的衰落，经历了由豪门府第变为庶几百姓的巨大反差，所以才能更深地体会到
历史沉浮的沧桑与世事变迁的悲凉。

白先勇的母亲马佩璋是广西桂林花桥头"马全利"马老板的千金。她仪态出
众，不仅具有桂林女子秀外慧中的品质，还具备一般女子所没有的巾帼气概。父
母新婚不久，母亲误闻父亲在前线阵亡，独闯战场封锁线到前线与父亲会合；抗
战期间，湘桂大撤退，母亲一人率领白、马两家 80 余口，逃出桂林。这支队伍
历经百般艰险，穿越千山万水，终于安全抵达重庆。在白先勇的内心深处，母亲
是一个坚强、勇敢、热烈而崇高的人。但是，就是这样一个热爱生活，发出过耀
眼的光和热的生命最终也无法摆脱死神之手。白先勇的母亲一向为白、马两家的
支柱，阖然长逝，两家人同感天崩地裂，栋毁梁摧。入土一刻，白先勇觉得埋葬
的不仅是母亲，也是自己生命的一部分。母亲的死，让白先勇感到了生命的脆

---

① 李伯齐：《地域文化与文学小议》，《聊城大学学报》2002 年第 6 期。
② 白崇禧之子白先勇做客人民网文化论坛，culture.people.com.cn。

弱、人生的无常，命运的不可抗拒，使他从此"逐渐领悟到人生之大限，天命之不可强求"①。人生幻灭的无常感形成了白先勇命运观的核心思想。而这种"无常感"又是与"时空"纠缠在一起的。因而，在白先勇的笔下，在"今天"与"过去"的时间对照中，白先勇的作品所涉及的内容不仅仅是历史的变迁与命运的变幻，还包括了在无限巨大的时空面前，人的卑微、渺小、无奈与悲凉。

对白先勇的文学成长之路影响深远的还有一个桂林人，他就是白先勇家的伙夫老央。老央是一个能说会道的桂林人，肚子里装满了生动精彩的故事。白先勇小时候患了"童子痨"，因为是传染病所以被隔离在山顶的一间小屋子里。患病期间，与他最亲近的人就是老央。白先勇常常一到晚上就缠着老央给他讲故事。老央绘声绘色地讲《薛仁贵征东》的故事，而薛仁贵则成了白先勇心目中的第一位英雄，老央也成了他文学道路上的第一个启蒙老师。

（二）风俗的影响

所谓风俗，是指人类某一群体里被普遍接受的一套多少定格化了的行为标准和处事方式。《汉书》有云："凡民察五常之性，而有刚柔缓急音声不同，系水土之风气，故谓之'风'；好恶取舍动静无常，随君上之情欲，故谓之'俗'。"意思是说，因自然条件不同而形成的习尚叫"风"，由社会环境而形成的习尚谓之"俗"。由于一定地域、一定民族的风俗紧密地联系着自然和社会，因此，风俗就成了人们借以观察社会人生的窗口。从桂林多姿多彩的风俗民情中汲取创作的营养，从而使白先勇的小说创作增添了独特的艺术内涵和艺术魅力。风俗是通过人们日常生活的吃、穿、住、行体现出来的。桂林以它秀丽奇特的山水名扬天下，而桂林米粉也以它独特的风味赢得世人的青睐。桂林的风味美食，首推桂林米粉。桂林米粉软软和和、滑滑嫩嫩，浓淡相宜，爽口开胃。桂林人是吃着米粉长大的，一丝丝、一缕缕道不尽思乡情。桂林人少小吃粉，固然是随它的味；长成吃粉，却是品它的味；老大吃粉，简直就是追逐和琢磨它的神韵了。多少人生悲欢，升降沉浮，个中甘苦，唯有米粉知。远离故土的白先勇回味桂林的马肉米粉一如回想起自己欢乐的童年，一股浓得化不开的乡情在胸中油然而升。而桂林的马肉米粉，也就自然地融入了他的小说《玉卿嫂》《花桥荣记》中。

---

① 白先勇：《蓦然回首》，尔雅出版社，1978，第75—76页。

语言是文化的重要载体，方言则是地域文化的重要载体，它凝结积淀着特定地域的历史文化内涵，反映着某一地域的自然与人文特色，独特的风俗与民情。正是在这一意义上，作家们无不有意识地从方言的宝库中提炼、采撷鲜活的、富有表现力的语汇融入文学作品中，用浸润着泥土气息的语言创作出优秀的文学作品。每一位有成就的小说家总会有他自己独特的语言风格，白先勇也不例外。白先勇把古典文学作品中有生命力的、优美的语言和方言巧妙地糅合起来，创造了一种明快、优雅、流丽的语言风格。他的短篇小说《玉卿嫂》就是运用方言的成功典范之作。

### （三）地域文化心理的影响

地域自然地理环境是地域文化的重要构成部分。地理环境因素的重要性可以从北方的粗犷与南方的阴柔略见一斑。人通过认识自然地理环境和改造驾驭自然地理环境而获得自身生命的自由，自然地理环境又与风俗民情等形成特定的地域性的文化生存形态，影响着、制约着人们的生活方式和思维方式，使生活此中的人群形成一种心理定式，形成一种心理沉积层，形成具有某种特定价值观念的文化心理结构[①]。从文学审美的角度来看，地域自然地理环境更具有永恒魅力，它们的文化属性就更为凸显。无论是它本身，还是它对创作主体和对象主体的影响，都在文学文本的深层结构中体现出深广的内蕴和诸多方面的重要影响。山明水秀的桂林，自然赋予了白先勇几分山水的灵气，而其笔下的人物也充满灵动的气息，温文婉约、清秀净扮。

人文环境的重要性同样不容忽视。人总是在一定的社会历史文化中生活，他所耳濡目染的文化传统、价值观念等不可避免地影响和制约他的思想观念和行为。桂林是一座有着悠久历史的文化名城。历史上，桂林由于独特的地理环境，处于荆楚之地与百越之地的交汇之处，成为中原文化与岭南文化的结合部，是中原文化与岭南百越文化的杂交之地。千百年来，这几种文化在这里共生，积淀了深厚的文化底蕴。在抗战期间，文化名人云集桂林推动着抗战文化事业的发展，桂林一度成为抗战文化中心。桂林文化城文人荟萃、文化团体众多、出版业繁荣，文化事业蔚为大观，其中以"西南剧展"的成就最为显著。桂剧，在著名剧

---

① 李敬敏：《地域自然环境与地域文化和文学》，《文学评论》2002 年第 4 期。

作家欧阳予倩等人的推动下呈现出一片欣欣向荣的景象。桂剧是广西的主要剧种之一，俗称桂戏或桂班戏，是用桂林方言演唱的剧种，做工细腻贴切、生动活泼，借助面部表情和身段姿态传情，注重以细腻而富于生活气息的表演手法塑造人物。即使是武戏，也多是文做。桂剧流行于桂林、柳州、河池、南宁等地市和梧州地区北部操"官话"的城乡，深受广西人的喜爱。出生于抗战时期的白先勇在这种浓厚活跃的文化氛围中成长，自然深受其感染和熏陶。2004 年，白先勇回到家乡桂林，还看到了桂戏，不由感慨万千："现在演桂戏的都是我 6 岁时看到的那些人的徒子徒孙，我那时常看的有桂枝香、如意珠、小金凤的戏，那时的名字多好听，我都将它写在《玉卿嫂》里面了。现在没有这样的名字了，过去的东西都没有了。"作为一个戏迷，这番无限的感慨饱含了白先勇对传统文化的眷恋和某种衰落的痛惜之情。

## 二、广西地域文化在白先勇小说中的展现

作品中的地域文化特色或地域文化风格来自描写对象，包括特殊地域的环境、人物、风俗、方言、文化传统等。这里主要从人物塑造、风俗描写、文化传统等几方面来探讨广西地域文化在白先勇小说中的表现。

### （一）人物形象

人物塑造是白先勇小说的核心。白先勇擅长人物刻画尤其工于女性形象的刻画。玉卿嫂是他早期作品中典型的女性形象。玉卿嫂是桂林花桥边一个大户人家的遗孀，为婆婆所不容，出来做佣人。玉卿嫂"一身月白色的短衣长裤，脚底一双带绊的黑布鞋，一头乌油油的头发学那广东婆妈松松地挽一个发髻——一双杏仁大的白耳坠子却刚刚露在发脚子外面。净扮的鸭蛋脸，水秀的眼睛，水葱似的鼻子。"通过白描手法，一个宛如漓江般秀丽明净的桂林女子跃然纸上。在她清秀素雅的外表下，内心却燃着一把火。她一方面因袭着传统女性善良纯朴、克勤克俭的品德；另一方面又富于岭南民族热烈、野性、敢爱敢恨的性格特征。

在《玉卿嫂》的悲剧中，作者用独特的方式表达了他对命运、人性的洞悉和思考。而在后期创作的《台北人》中则进一步深刻地体现了他一以贯之的对于历史、人生和文化的关注和思索。

在"台北人"系列中，其中的"台北人"其实并不是土生土长的台北人，而

是一群客居台北的广西人、上海人、南京人……他们都有着浓厚的中国文化背景，有着挥抹不去的乡愁。这群远离大陆、客居台北的游子，在过去与现在、大陆与台湾两个时空的轮回交错中，深切地体会到了人生的苍凉和无奈，沉痛地感受到了身份认同和文化认同的双重失落感。

《花桥荣记》描写了一群背井离乡的广西人，在远离祖国和亲人的台湾岛上流离失所、思亲念旧，在历史的变迁中演绎着人生的悲剧。小说中，"我"逃亡到台湾后，在台北开了家小食店维持生计。来小店光顾的大多是广西同乡。卢先生和"我"都是桂林人，因为有着共同的文化背景，心理距离一下就拉近了。作为老板娘，"我"每星期都亲自下厨做一碗香喷喷的桂林米粉给卢先生打牙祭。无论时空如何转变，走到哪里桂林人对桂林米粉的感情始终如一，一丝丝、一缕缕的米粉里饱含了浓浓的思乡情。一方的水土养育一方的人。这里，借老板娘之口把桂林人大为赞赏了一番："讲句老实话，不是我卫护我们桂林人，我们桂林那个地方山明水秀出的人物到底不同些。一站出来，男男女女，谁个不沾着几分山水的灵气？"卢先生出身大户人家，知书达礼、一径斯斯文文。而"我"当年也是个人见人爱的"米粉丫头"、美人坯子，无不流露出对桂林的"山水文化"的那种热爱和自豪。不仅如此，"我"还把桂林和台北作了对比："也难怪，我们那里（桂林）到处青的山，绿的水。人的眼睛也看亮了，皮肤也洗的细白了。几时见过台北这种地方？今年台风，明年地震，任你是个大美人胎子，也经不起这些风雨的折磨哪。"以两个不同的地域环境作对比，在大陆与台北的时空交错中，体现了这群在异质文化中生活的广西人内心深处无法排遣的孤独感和文化的失落感。也正是基于这种桂林山水的文化认同，老板娘与卢先生之间自然产生了一种"他乡遇故知"的亲切感。

**（二）风俗民情**

风俗是区域文化的重要载体，通过人们日常生活的吃、穿、住、行体现出来。在《花桥荣记》和《玉卿嫂》中，白先勇热情洋溢地描写了富有地方特色的风味小吃——桂林马肉米粉。《花桥荣记》一开头就写道："提起我们'花桥荣记'，那块招牌是响当当的。当然，我是指从前桂林水东门外花桥头，我们爷爷开的那家米粉店。黄天荣的米粉，桂林城里，谁人不知，哪个不晓？"在台北漂泊的"我"回忆起家乡的桂林米粉，一种对家乡的自豪感和远离故乡的失落感交织在心头。在《玉卿嫂》里，作者也多次描写在寒冷的冬季"我"和庆生去哈盛强马肉米粉店吃马肉米粉的那份情趣。

《玉卿嫂》是白先勇运用桂林方言的成功之作。方言不仅体现了地域的文化特色，而且起到凸显人物个性的作用。小说中有几处刻画人物性格的描写，生动、形象。比如："玉卿嫂这个人是我们桂林人喊的默蚊子，不爱出声，肚里可有数呢。"像这样的比喻形象、贴切，把玉卿嫂这个人物栩栩如生地勾勒了出来，体现了她沉默寡言、聪慧内秀的性格特征，同时也为她最终由爱生恨，杀死庆生，然后自杀的决绝行为做好铺垫。又如："太太，你不知道，容哥儿离了他奶妈连尿都屙不出来了呢！"就把胖子大娘尖酸刻薄、欺下媚上、倚老卖老的管家婆形象刻画得淋漓尽致、入木三分。

方言的使用，增添了作品浓郁的地方色彩。容哥儿第一次见到玉卿嫂时，见她如此净扮、标致，但额头上却有了皱纹。于是就经不住问她："你好大了？""'我看不出，有没有三十？'我起竖三个指头吞吞吐吐地说。"如果按照普通话的标准，应该是"竖起三个指头"而不是"起竖三个指头"。"起竖三个指头"是桂柳方言，这样叙述符合广西人的语言特点，展现了在广西桂林这个特定的地域环境中人们的言语和生活习惯，增强了作品的时代性和现实感。又如"我不敢张声，生怕他们晓得我挨老师留堂"，等等。作者巧妙地运用这些生动活泼的桂柳方言使作品呈现出浓郁丰富的地域文化。

### （三）传统艺术

广西从秦始皇统一中国开始设立桂林郡以来，在中原文化与岭南文化的融合和共生中，衍生了多姿多彩的地域文化。白先勇笔下的桂戏便是广西特有的艺术形式。桂戏是广西剧种，深受广西人喜爱。《玉卿嫂》中的桂林高升戏院"角色好，行头新，十场倒有七八场是满的"，从作者的描绘中，我们可以想象当年桂林戏院演出的盛况。唱旦角的天辣椒如意珠，唱武生的云中翼，演樊梨花的金飞燕，还有桂枝香、小金凤，等等。这些漓江边上的名角们，她们圆润的歌喉、美丽的倩影，留给世人无尽的回味空间。在《花桥荣记》中，卢先生和"我"也都是戏迷，非常怀念还在桂林时小金凤唱的桂戏。"我"央求卢先生唱了段《薛平贵回窑》，梦见了"小金凤和七岁红在台上扮着《回窑》，忽儿那薛平贵又变成了我先生，骑着马跑了过来"。由桂戏引发了游子们无尽的思乡之愁，今昔之感油然而生，从而给作品增添了一层浓厚的悲剧色彩。

**（四）桂林花桥**

在白先勇笔下，花桥是最富于地域文化色彩和民族特色的建筑。玉卿嫂等人也都是在花桥边生活。花桥是桂林最古老的桥，始建于宋代嘉熙年间，坐落在桂林市月牙山北面的小东江和灵剑江汇合处，全长 135 米。桥面有风雨长廊，桥亭覆绿色琉璃瓦，桥身为磐石。花桥既有浓郁的岭南民族风格，同时又融会了中原建筑文化的神韵，具有独特的民族风格和地域文化底蕴。

## 三、白先勇小说的地域文化的价值和意义

"艺术的地方色彩是文学的生命力的源泉"①。地域文化不仅极大地影响着作家的创作风格而且丰富了作家的创作内容和艺术内涵。白先勇在小说中对广西地域文化的描写不仅丰富了其创作的内涵，而且增添了八桂文化的人文色彩。

**（一）强化了人物形象的塑造**

地域文化深刻地影响着人的思想和行为。白先勇将地域文化融入作品中，不但增添了作品的艺术色彩，更重要的是凸显了人物的性格特征，发掘了人物的深层心理，强化了小说人物形象的塑造。"台北人"都是有着一定地域文化渊源的，无论时空如何转变，他们的本质内核是不会改变的。正是由于受到不同的地域文化的影响，才有了清丽素净的玉卿嫂、冷艳逼人的尹雪艳、泼辣粗俗的金兆丽……不同的地域造就了不同的文化，不同的文化塑造了不同的性格，白先勇小说中的人物都是活生生的，有血有肉的，给人留下深刻的印象。

**（二）升华了八桂文化的光彩**

奇异秀丽的自然山水、悠久深厚的人文历史以及多姿多彩的民族风情使得八桂文化具有丰富的文化内涵和浓厚的历史底蕴。从白先勇的小说中可以体会到他对于这块生之育之的八桂大地的深沉归宿感和对传统文化的无比眷恋和热爱。其热情洋溢描写的风俗人情、风味小吃、传统艺术、方言俚语不仅为世人展示了八桂文化的独特风采和魅力，而且极大地丰富了八桂文化的人文内涵，升华了八桂文化的光彩。

---

① 丁帆：《中国乡土小说史论》，江苏文艺出版社，1992。

### （三）成就了一代文学大师

白先勇是一个追求思想的深刻性和艺术的完美性的作家。在 20 世纪六七十年代，白先勇的小说就以其深厚的文化穿透力和纯熟的艺术表现力显示了其独特和卓越的写作才华，奠定了其文学史上的地位。以往的研究也更多关注白先勇的艺术技巧、思想内涵，而鲜有从地域文化的视角切入作品加以研究。从地域文化的视角研究作家作品，将会使我们获得一种新的审美体验和想象空间。

# 论白先勇的桂林书写

桂林，这座享誉中外的著名国际旅游名城和历史文化名城，有着源远流长的历史文化传统。自古以来，秀甲天下的桂林山水给予文人骚客无限遐想和灵感，激发了他们极大的创作热情，留下了大量丰富宝贵的诗词、绘画作品，积淀了优秀深厚的历史文化传统，形成了良好的文学风尚。抗战期间，全国文化名人云集桂林，推动了桂林文化的繁荣发展，形成了著名的桂林抗战文化城。然而，自 1949 年至 70 年代末，桂林文学一度陷入尴尬的沉默期，与历史文化名城的身份极不相称。正是因为如此，所以同时期著名作家白先勇的创作才显得更加弥足珍贵。

1937 年白先勇出生于广西桂林，在桂林度过了七年快乐的童年时光。桂林对白先勇而言，绝不仅仅是一个单纯的籍贯地名，桂林有滋养着他的甲天下山水，有天真烂漫的童年回忆，有熟稔于心的人事风物，无论时空如何转变，那份挥抹不去的乡愁如同一坛陈年老酒越酿越醇。童年的生活经验给白先勇留下了难以磨灭的印象。这些童年记忆和经验深刻地影响着他的小说创作。在白先勇短篇小说中，涉及桂林人和事的有四篇：《我们看菊花去》《闷雷》《玉卿嫂》《花桥荣记》。《玉卿嫂》是作家早期小说的代表作。《我们看菊花去》中的"我"和姐姐小时候都曾经在桂林上小学，患有精神分裂症的姐姐唯独对桂林的童年时光记忆深刻。《闷雷》中的主人公福生嫂"是个广西姑娘，她爹是个小杂货店老板，抗战时期，他们的店开在桂林军训部对面，专门做军人生意的"。《玉卿嫂》以桂林为背景，生动刻画了玉卿嫂这个桂林女性形象，讲述了她与庆生那段"冤孽式"

的爱情悲剧。《花桥荣记》书写的是战后客居台北的广西人的命运遭遇。这几篇是白先勇在异域书写桂林的主要作品,发表时间段为 1959 年至 1970 年。其中,《玉卿嫂》《花桥荣记》是"桂林人书写桂林"的成功典范之作,对广西作家的本土写作具有可资借鉴的重要价值。

## 一、白先勇小说的桂林文化叙事

在白先勇对桂林的书写中,我们不难发现其中大量的有关地域文化的描写。那些从小耳濡目染的地域文化给他留下了难以磨灭的深刻印象,这些记忆在白先勇成长的过程中经过主体的不断消融和强化,逐渐地内化为他极为重要的美学理念,具体地表现在他的创作当中。白先勇在小说中书写了桂林的山水文化、民俗文化、艺术文化、方言俗语等,生动展现了桂林这一独特的地域自然景观和人文景观,具有浓郁的地方色彩。

### (一)美丽和谐的山水文化

桂林山水以"山清水秀,洞奇石美"著称,她的清幽秀逸、她的田园牧歌般的景象、她的无法用语言形容的雅致和韵味,令人流连忘返。从古至今,人们对桂林山水无不心驰神往,赞叹不已。"江作青罗带,山如碧玉簪"(唐·韩愈《送桂州严大夫》)、"千峰环野立,一水抱城流"(宋·刘克庄《簪带亭》)、"分明看见青山顶,船在青山顶上行"(清·袁枚《由桂林溯阳朔至兴安·七绝》),这些诗句都是桂林山水的生动写照。据统计,以桂林为对象的文艺作品,山水诗有近万首,散文游记约 200 万字[①]。这些诗文不仅提高了桂林山水的知名度,而且赋予了桂林山水灵性和丰富的文化内涵。美丽的自然山水陶冶人的情操,潜移默化地影响着人们的精神风貌、思想和性情。

在白先勇笔下,桂林山水作为台北的参照物,彰显了其永恒的美丽与魅力。在小说《花桥荣记》中,花桥荣记的老板娘是个地地道道的桂林人,虽然客居台北,但她总是时时不忘自己的"桂林人"身份,而且永葆身为"桂林人"的那份骄傲和自豪:"讲句老实话,不是我卫护我们桂林人,我们桂林那个地方山明水秀出的人物到底不同些。一站出来,男男女女,谁个不沾着几分

---

① 转引自曾有云、许正平主编《桂林旅游大典》,漓江出版社,1993,第 364—419 页。

山水的灵气?""也难怪,我们那里(桂林)到处青的山,绿的水。人的眼睛也看亮了,皮肤也洗的细白了。几时见过台北这种地方?"可见,老板娘对家乡、对桂林山水的那份深挚情感是多么的浓烈,她的那份自信和自豪正是源自于名扬中外的桂林山水。陈毅元帅说:"愿做桂林人,不愿做神仙。"一语道出了桂林人的心声。在作品中,白先勇流露出了对桂林山水的独有的热爱,在对自然山水的描绘和赞美中,传达了自己的思想情感、理想追求,寄托了深切的思乡之情。

**(二)丰富多彩的民俗文化**

1. 饮食文化

桂林最有名的美食小吃首推桂林米粉,桂林米粉也早已随着桂林山水而名扬天下。桂林米粉历史悠久,是一种传承了两千年的美食。在《花桥荣记》中,白先勇就热情洋溢地描写了富有地方特色的风味小吃——桂林米粉。《花桥荣记》一开头就写道:"提起我们'花桥荣记',那块招牌是响当当的。当然,我是指从前桂林水东门外花桥头,我们爷爷开的那家米粉店。黄天荣的米粉,桂林城里,谁人不知,哪个不晓?"小说以桂林米粉店的招牌作为篇名,颇具匠心,意味深长。饮食与人们的日常生活最为密切,在地域文化中,具有地方特色和大众化色彩的饮食文化最能表现普通民众的文化心理。白先勇是广西人,是桂系后人,当他把关注的目光聚焦到战后客居台北的这群普通的广西人的身上时,当然会选择这种独具地方特色和大众化形式的米粉店作为洞察众生相的窗口。小说以写实的手法描写了一群在历史沉浮中流落到台北的广西人的生活境况,以及他们各自的命运遭际。小说的主要人物是桂林人。对于桂林人来说,除了让他们引以为豪的甲天下山水,桂林米粉也是让他们心怀一份难以言表的特殊感情的特殊存在。桂林米粉是最有特色的地方美食,桂林人爱吃米粉,尤其是身在异乡为异客的桂林人,恐怕最想的还是吃上一碗热气腾腾的桂林米粉暂解思乡之苦吧。小说中,远离家乡在台北漂泊的"我"在台北开了一家桂林米粉店维持生计。店名就叫"花桥荣记",但已不是从前在桂林爷爷开的那家响当当的"花桥荣记"。"我"回忆起当年爷爷那家"花桥荣记"的盛况,自豪感油然而生,然而随即而来的却是远离故土的漂泊感和失落感,一股浓得化不开的乡愁交织心头。无论时空如何转换,那细滑美味的桂林米粉,总牵动着游子深切绵长的思乡之情。

## 2. 节庆文化

春节，是中国最隆重的传统节日，春节又叫过年，全国各地都有自己的过年习俗，因而形成了别具特色的地域风俗文化。在小说《玉卿嫂》中，白先勇通过生动细致地描写过年的热闹欢乐图景，展现了桂林多姿多彩的民俗文化。小说描写了桂林过年的习俗：蒸年糕、杀鸡宰鸭、做糯米团。"过阴历年在我们家里是件大事。就说蒸糕，就要蒸十几天才蒸得完，一直要闹到年三十夜。芋头糕、萝卜糕、千层糕、松糕，甜的咸的，要蒸几十笼来送人，厨房里堆成山似的。"年三十那天把年糕蒸好，把地扫好，该做的统统都做了，大年初一不做事，讨吉利。而且年三十那天还有洗脚的习俗。因为桂林人的规矩到了年三十夜要早点洗脚，好把霉气洗去。这些习俗带有鲜明的地方色彩。

### （三）独具特色的艺术文化

广西从秦始皇统一中国开始设立桂林郡以来，在中原文化与岭南文化的融合和共生中，衍生了多姿多彩的民间艺术文化。白先勇笔下描写的桂戏便是广西特有的艺术形式。桂剧是广西的主要剧种之一，俗称桂戏或桂班戏，是用桂林方言演唱的剧种，表演细腻贴切、生动活泼，借助面部表情和身段姿态传情，注重以细腻而富于生活气息的表演手法塑造人物。即使是武戏，也多是文做。桂剧流行于桂林、柳州、河池、南宁等地市和梧州地区北部操"官话"的城乡，深受广西人的喜爱。抗日战争时期，文化名人云集桂林，桂剧在多位艺术家的大力推动下，得到了空前蓬勃的发展，呈现一片繁荣景象。出生于桂林抗战文化城的白先勇在这种浓厚、活跃的文化艺术氛围中成长，自然深受其感染和熏陶。桂戏给他留下了难以忘怀的深刻印象。2004年，白先勇回到阔别多年的家乡桂林，并观看了桂戏，不由感慨万千："现在演桂戏的都是我6岁时看到的那些人的徒子徒孙，我那时常看的有桂枝香、如意珠、小金凤的戏，那时的名字多好听，我都将它写在《玉卿嫂》里面了。"这些小时候给他留下深刻印象的好听名字白先勇不仅写进《玉卿嫂》里面了，还写进了另一篇驰名中外的小说《游园惊梦》中，如天辣椒蒋碧月，桂枝香窦夫人。

小说《玉卿嫂》中的桂林高升戏院"角色好，行头新，十场倒有七八场是满的"，从作者的描绘中，我们可以想象当年桂林戏院演出的盛况。小说描写了唱旦角的天辣椒如意珠，唱武生的云中翼，演樊梨花的金飞燕，还有桂枝香、小金凤，等等。这些漓江边上的名角们，她们美丽动人的身影、精湛圆熟的表演艺术，深入人心，使桂戏这朵艺术奇葩散发出奇异迷人的馨香。

在《花桥荣记》中，卢先生和老板娘"我"都是戏迷，非常怀念还在桂林时"小金凤"唱的桂戏。"我"和卢先生同是天涯沦落人，多少思念、多少爱恨，唯有在戏里细细品味。一个温馨的午后，"我"看见卢先生在街头的公园里拉桂戏，触发了心中深切的思乡之情，于是央求卢先生唱了段《薛平贵回窑》。在听戏过程中"我"恍惚回到梦里故乡，梦见"小金凤和七岁红在台上扮着《回窑》，忽儿那薛平贵又变成了我先生，骑着马跑了过来。"戏里的王宝钏在寒窑中苦等十八年，到底还是等着了薛平贵回窑。戏外的"我"等了先生这些年，却始终杳无音讯。而卢先生苦等苦盼大陆的未婚妻罗姑娘来台北与自己团聚，但最终却竹篮打水一场空。一出桂戏唱出了这些客居台北的广西游子们无穷无尽的乡愁，也唱出了"人生如戏，戏如人生"的况味。

**（四）富有韵味的方言俗语**

白先勇是一个非常善于运用方言进行写作的作家，《玉卿嫂》就是白先勇运用桂林方言的成功之作。白先勇坦言，他在写作时有个怪癖，就是喜欢用桂林话朗读自己的作品。他说："我在写作时心里默诵的就是桂林话，我做梦的时候说的还是桂林话。"桂林方言对白先勇的影响之深、影响之大是显而易见的。方言的运用一方面不仅能营造新颖奇特的审美效果——语言的陌生化，而且增添了作品浓郁的地方色彩，凸显了地方的文化特色。《玉卿嫂》这篇小说是用纯正的桂林方言写成的，诉说的是桂林人的故事，地方色彩浓厚。小说中的容哥儿第一次见到玉卿嫂时，见她如此净扮、标致，但额头上却有了皱纹。于是就经不住问她："你好大了？""'我看不出，有没有三十？'我起竖三个指头吞吞吐吐地说。"如果按照汉语普通话的语序，应该是"竖起三个指头"而不是"起竖三个指头"。由于桂林是汉族和少数民族杂居的地区，多民族长期的共同生活以及文化交流，使汉语受到少数民族语言的影响，形成具有特点的方言。"起竖三个指头"这样叙述符合桂林人的语言特点。又如"这个娃仔怎么这样会拗"，"我不敢张声，生怕他们晓得我挨老师留堂"，"我妈问我请玉卿嫂来带我好不好时，我忙点了好几下头，连顾不得赌气了"，等等，都很有桂林方言的特点和韵味。作者特别善于巧妙地运用这些生动活泼的桂林方言，通过方言俗语展现了在特定的地域环境中人们的思维方式和生活习惯，既丰富了作品的文化内涵，又增强了作品的表现力。

　　另一方面，运用方言能起到凸显人物性格特征的作用。小说中有几处运用方言来刻画人物的性格，生动、形象。比如在刻画玉卿嫂这个人物性格特征时，这样写道："玉卿嫂这个人是我们桂林人喊的默蚊子，不爱出声，肚里可有数呢。"像这样的比喻形象、贴切，把玉卿嫂这个人物栩栩如生地勾勒了出来，体现了她沉默寡言、聪慧内秀的性格特征。而且用"默蚊子"比喻玉卿嫂，还有另一层更深的含义。小说写道："看起来，她（玉卿嫂）一经都是温温柔柔的，不多言不多语，有事情做，她就闷声气，低着头做事……从来没有看见她去找人扯事拉非。"但为什么这样一个表面温柔贤淑、端庄文雅的女子最后会因爱生恨，做出杀死爱人，然后再自杀这般惊世骇俗的举动？其实，"默蚊子"这个生动形象的比喻早已为她后来的过激行为做了铺垫。因为默蚊子虽不出声，但也会咬人，表现了玉卿嫂性格刚烈的一面。又如，小说在刻画胖子大娘这个人物形象时，是通过胖子大娘与"我"母亲的对话体现出来的："太太，你不知道，容哥儿离了他奶妈连尿都屙不出来了呢！"一句桂林话，就把胖子大娘这个尖酸刻薄、倚老卖老的管家婆形象刻画得淋漓尽致、入木三分。

　　语言不仅是文学表达思想内容的工具，而且它本身也是文化载体和文化构成要素。方言是传承和保存地域文化的重要载体，同时它本身又是地域文化的重要组成部分，凝结积淀了特定地域的历史文化内涵，反映着某一地域的自然与人文特色，思维方式、情感体验，等等。正如 L.R. 帕默尔说的："语言忠实反映了一个民族的全部历史文化，忠实反映了它的各种游戏和娱乐，各种信仰和偏见。……语言不仅是思想和感情的反映，它实在还对思想和感情产生种种影响。"[1] 方言是一个作家的母语，作家童年的记忆、感受和情感体验都蕴藉在方言中。方言对作家思想、情感以及独特的审美表达具有深刻影响。白先勇善于采撷、提炼富有地方韵味的方言俗语进行创作，并运用得潇洒自如、恰到好处，把地方色彩原汁原味地呈现出来，彰显了地方文化，丰富了小说的文化内涵，增强了小说的表达效果和艺术张力。

---

　　① 　L.R. 帕默尔：《语言学概论》，商务印书馆，1983，第 139 页。

## 二、白先勇笔下的桂林人

一方水土养育一方人。千百年来，在桂林山水灵秀之气的熏陶下，在悠久丰厚的历史文化陶冶中，桂林人具有灵秀的外在气质，豪情重义、温文尔雅的性格特征。白先勇本人就长得清秀挺拔，气质儒雅。而这，对作家的审美观念和审美品位产生极为重要的影响。在短篇小说中，白先勇生动塑造了玉卿嫂、庆生、老板娘、卢先生、明姐、福生嫂等桂林人形象，凸显了地域个性。尤其是玉卿嫂、老板娘、卢先生三个人物形象十分丰满，个性鲜明，给读者留下深刻的印象，丰富了当代文学人物的画廊。

### （一）至情的痴梦者——玉卿嫂

《玉卿嫂》是白先勇早期小说的代表作，这篇小说广为流传，备受青睐，曾被改编为舞剧、电影和电视剧上演。可以说，小说的成功在很大程度上是源自生动塑造了玉卿嫂这个文学典型。人物是白先勇小说的核心，他在创作时先想人物后编故事。在提到玉卿嫂的原型时，白先勇说："……人长得很俏，喜欢戴白耳环，后来出去跟她一个干弟弟同居。我没有见过那位保姆，可是那对白耳环，在我脑子里却变成了一种蛊惑，我想戴白耳环的那样一个女人，爱起人来，一定死去活来的——这便是玉卿嫂。"① 在小说中，白先勇塑造了一个美丽贤淑、勤劳勇敢、外柔内刚，不惜一切追求爱情和幸福的桂林女性形象。小说开头，白先勇运用白描手法，使玉卿嫂的形象跃然纸上。玉卿嫂"好爽净，好标致，一身月白色的短衣长裤，脚底一双带绊的黑布鞋，一头乌油油的头发学那广东婆妈松松地挽了一个髻儿，一双杏仁大的白耳坠子却刚刚露在发脚子外面，净扮的鹅蛋脸，水秀的眼睛"，不愧是钟灵毓秀的桂林山水滋养出来的俏佳人，清丽动人，温婉如玉。"玉卿嫂"从名字上来看，"玉"在中国传统文化中象征着高贵、美好、冰清玉洁，暗喻玉卿嫂是一个冰清玉洁的女子；同时，还传递出这样的信息：这是一个宁为玉碎，不为瓦全的女子。然而这样一个冰清玉洁的美丽女子却有着令人同情的身世：她原来是花桥柳家的大少奶奶，丈夫抽鸦片死了，家道中落，婆婆容不下，被迫出来做奶妈。世事难料，命运无常。在生活的重压下，玉卿嫂表现

---

① 白先勇：《蓦然回首》，载《第六只手指》，花城出版社，2000。

出中国传统女性特有的柔韧和坚强，她勇敢地面对现实，努力地抗争。因为在她的心中还有一团火在熊熊燃烧，那就是让她痴情疯狂、视若生命的爱情。玉卿嫂深爱着比自己小十多岁的干弟弟庆生，心甘情愿贴钱供养他、照料他，哪怕再辛苦再劳累也一心一意地执着于这份爱情，忠贞不渝，不惜为此拒绝了有房产有良田，能够给她提供优厚的物质生活条件的坛子叔叔的求婚。"庆弟，你听着，只要你不变，累死苦死，我都心甘情愿，熬过一两年我攒了钱，我们就到乡下去，你好好养病，我去守着你服侍你一辈子。"可以说，庆生是支撑着玉卿嫂与现实抗争的精神支柱，是她生活的唯一寄托和生命的全部意义。因此，她对庆生的感情表现出双重性：一方面是细心周到的关心和照顾，另一方面又是疯狂的控制欲和占有欲。玉卿嫂拼命地想抓住这份爱情，但爱情就像手中的沙子，你抓得越紧，它流走得越快。终于，庆生不堪重负，移情别恋，爱上了一个年轻貌美的桂戏花旦金燕飞。这给予玉卿嫂致命的一击。因为爱得刻骨铭心，所以伤得痛彻心扉。对于她来说，失去庆生，就等同于失去了生存的全部意义，在劝说庆生无果后，她毅然决然地将刀尖刺向爱人的胸口，然后自杀，用生命来捍卫和祭奠纯洁无瑕的爱情。玉卿嫂就像一只传说中的荆棘鸟，一生都在追寻那根最大的荆棘（爱情），用生命发出一曲震撼人心的至情者的绝唱。

**（二）现实的寻梦者——老板娘**

《花桥荣记》描写了一群背井离乡的广西人，在远离祖国和亲人的台湾岛上流离失所、思亲念旧，在历史的变迁中演绎着人生的悲剧。小说以写实的笔调，刻画了一个个栩栩如生的人物形象。欧阳子这样写道："细读《花桥荣记》，我们不禁再度赞叹白先勇的写实能力之惊人，里面的角色，不论大小，一律栩栩如生，呼之欲出。"① 尤其是叙述人自己，最耐人寻味。

小说以第一人称进行叙述，"我"是桂林人，"我"爷爷从前在桂林水东门外花桥头开了家桂林米粉店，店名叫"花桥荣记"，生意兴隆、家喻户晓。"我"嫁给军人，还当过几年营长太太，不料苏北那一仗把丈夫打得下落不明，只能随军眷仓皇撤到台湾。"我"在台北开了家小食店维持生计，店名也叫"花桥荣记"。从老板娘自己的回忆和叙述中，我们可以得知她当年的风采，"长得俏，说话知

---

① 欧阳子：《王谢堂前的燕子》，花城出版社，2000，第 226 页。

趣"，"当年在桂林，还是水东门外有名的美人呢！我替我们爷爷掌柜，桂林行营的军爷们，成群结队，围在我们米粉店门口，像是苍蝇见了血，赶也赶不走，我先生就是那样把我搭上的。"她留恋过去，却也能接受现实，苦心经营小生意，以"赚钱过活"为第一要务，精打细算过日子，但又富有同情心，有人情味，在她身上体现了人性的亮色和温暖。来"花桥荣记"光顾的大多是广西同乡，为着要吃点家乡味，才常年来店里包饭。在这些常客中，只有卢先生和"我"都是桂林人。因为有着共同的文化背景，老板娘与卢先生之间自然产生一种他乡遇故知的亲切感。作为老板娘，"我"每星期都亲自下厨做一碗冒热气的桂林米粉给卢先生打牙祭。无论时空如何转变，走到哪里桂林人对桂林米粉的感情始终如一，一丝丝、一缕缕的米粉里饱含了浓浓的思乡情。身为桂林人，老板娘始终保持一种优越感："讲句老实话，不是我卫护我们桂林人，我们桂林那个地方山明水秀出的人物到底不同些。一站出来，男男女女，谁个不沾着几分山水的灵气？"因为当年在桂林她也曾是个人见人爱的"米粉丫头"、美人坯子，无不流露出对桂林以及山水文化的那种热爱和自豪。不仅如此，她还把桂林和台北作了对比，"也难怪，我们那里（桂林）到处青的山，绿的水。人的眼睛也看亮了，皮肤也洗的细白了。几时见过台北这种地方？今年台风，明年地震，任你是个大美人胎子，也经不起这些风雨的折磨哪。"以两个不同的地域环境作对比，在大陆与台北的时空交错中，体现了这群在异质文化中生活的广西人内心深处无法排遣的孤独感和文化的失落感。

（三）悲情的失梦者——卢先生

卢先生出身桂林的大户人家，长相体面，知书达礼，战后流落到台北，当一名小学国文教师。原本卢先生是个养尊处优的大少爷，到台北后生活一落千丈。对此他并没有过多的抱怨，而是勤勤恳恳，爱岗敬业，坚守自己的理想信念，与现实做顽强的斗争。特别是对待爱情非常执着，他拒绝了老板娘给他介绍的对象，理由是他在大陆已经定亲，对方是与他青梅竹马的罗家姑娘。与罗姑娘团圆是他的理想和信念，是他生活的全部希望，也是他与现实抗争的动力和勇气。为此，他付出了惊人的努力，养鸡挣钱，十五年如一日。当他收到表哥已经联系上罗姑娘的来信时，脸上喜气洋洋，眉飞色舞，觉得自己的辛苦等待和付出都是值得的。然而，命运是如此捉弄人，他这么多年辛辛苦苦挣来的血汗钱全部被表哥骗了，一切努力付之东流。这致命的一击，把他的精神彻底打垮了。他开始放纵自己的肉身进行报复，与放荡不羁的台北女人阿春姘居。阿春在房里偷人，卢先生跑回去捉奸却反遭毒打。遭遇接二连三的打击，卢先生的性情大变，失去信心、失去耐心，变得暴躁不安，他饱受精神和肉体的双重摧残，最终死于心脏停搏。世事沧桑难预料，命运多舛少依凭。卢先生的悲剧其实是一出命运悲剧，白先勇所要表现的是人类心灵无法言说的痛楚，以及人在无可预知和掌控的命运面前的无助和无奈。同时，白先勇在字里行间又流露出对底层人物不幸遭遇的同情，表达了一种悲天悯人的悲悯情怀。

### 三、白先勇对桂林文化的辩证思考

在涉及桂林的四篇小说中，《我们看菊花去》《玉卿嫂》《花桥荣记》都是用第一人称进行叙述的。《我们看菊花去》《玉卿嫂》两篇带有明显的自传性，小说中的"我"多多少少带有作者童年时的影子。桂林山水不仅是白先勇生命的一部分，也是他小说创作的重要组成部分。白先勇对桂林这份浓浓的乡情感人至深。在白先勇的创作中，桂林不只是小说的背景，而是有着丰富的文化内涵和象征意义。

千百年来，桂林那青翠挺拔、神态万千的山峰，倒映着青山白云的漓江，岸边那翠竹掩映着的粉墙黛瓦的村庄、骑在水牛背上悠然而歌的牧童，那江枫渔火，构成了一幅幅宁静优美的农耕社会的田园牧歌般的景象。在天地造化的青山绿水中生活的人们又是那样清秀典雅、怡然自得。白先勇笔下的桂林"到处青的山，绿的水。人的眼睛也看亮了，皮肤也洗的细白了"，所以，"桂林那个地方山明水秀出的人物到底不同些。一站出来，男男女女，谁个不沾着几分山水的灵气？"桂林山水最突出的特点就是"灵秀"，白先勇笔下的桂林女性凸显了桂林"灵秀"的地域气质。从外貌上看，她们都沾了桂林山水的几分灵气，都可以用一个"俏"字来形容。玉卿嫂"好爽净，好标致"，春梦婆"人长得俏，当年在桂林，还是水东门外有名的美人呢！"，福生嫂"认真打扮起来，也总脱不了一个俏字"。罗家姑娘"果然是我们桂林小姐！那一身的水秀，一双灵透灵透的凤眼，看着实在叫人疼怜"。她们的美不同于现代繁华大都市的女性的美，与尹雪艳的冷艳、金兆丽的妩媚、李彤的张扬迥然不同，桂林女子是秀丽的、恬静的、含蓄的，仿佛是大自然的造化，与山清水秀的桂林山水浑然天成，而且在她们身上兼具勤劳、纯朴、善良的传统美德。她们所代表的桂林文化是古典的，传统的，是诗情画意的，是未被现代工业文明污染的自然存在。

然而，在现代化进程中，传统文化是否能够独善其身，永葆那份纯真与美好？白先勇对此进行了深入思考。在强势的现代文明的冲击下，传统文化往往表现得虚弱无力，暴露出它的弱质性。在《我们去看菊花》中，明姐是一个纯真善良的"苹果妹"，却不幸患了精神分裂症，在台北发生的事一概记不清，唯独对小时候在桂林时的快乐童年记忆深刻。在现代文明的冲击下，她的天真与世俗是如此格格不入，所以最后只能疯掉，才能够永远退回到纯真的时代。在《花桥荣记》中，卢先生是一个传统的知识分子（传统文化的象征），原本他是一个知书达礼、为人师表，对爱情忠贞不渝，坚守自己理想信念的人。他一直在努力地与现实（现代文明）作抗争，却节节败退，辛辛苦苦赚来的血汗钱被表哥（现代社会尔虞我诈、自私虚伪的象征）骗了，理想信念被击得粉碎。希望彻底破灭后，卢先生自暴自弃，与一个浪荡的台湾洗衣妇阿春姘居。卢先生与她在年龄、性格、气质上都差距悬殊。为掩饰自己的日渐衰老，他试图把一头花白的头发染得漆黑，脸上还涂了粉白粉白的雪花膏，但看起来像个小丑，相当滑稽可笑。在与阿春的关系中，阿春是主动和强势的一方，卢先生则始终处于被动和弱势地位，两人既不般配也不和谐。卢先生被迫离开家园客居台北，丧失理想信念，精神空虚，暗示着传统文化在社会转型的过程中逐渐走向衰落。粗俗泼辣的、肉弹弹的阿春可以看作是物欲横流的现代社会"俗"文化的象征，卢先生与阿春的苟合，象征着传统文化在现代社会中不得不低头"媚俗"。卢先生低声下气地伺候阿春，到头来却反遭羞辱，身心受到重创，最终被现实打得一败涂地，悲死于心脏停搏。这表明传统文化在现代社会逐渐丧失了主体地位，陷入迷茫和困境。通过卢先生的悲剧故事，作者传达了他对传统文化的忧思：在声势浩大的现代化进程中，尤其是在经济全球化的惊涛骇浪中，传统文化不可避免地遭受强烈冲击，其地位岌岌可危，其命运坎坷多舛，如果传统文化不能守住自己的净土，保持自己的本色，发出自己的声音，亮出自己的姿态，而一味地妥协、媚俗，最终有可能导致自身的毁灭。

在白先勇笔下，桂林是充满诗情画意的，是精神的家园，灵魂的栖息地，它自然、和谐、质朴的美，正是中国传统文化"天人合一"思维方式和价值哲学的生动诠释。白先勇一方面向我们展示了桂林秀丽迷人的山水风光、悠久深厚的历史文化、丰富多彩的风俗民情、感人忧伤的传奇故事，彰显了传统文化的丰富内涵和无限魅力；另一方面，他又始终保持着一份觉醒，透过小说文本，对中国传统文化的前途和命运进行了深刻的辩证思考，表达了自己的忧患意识。

### 四、白先勇桂林书写的作用和意义

纵观世界文学史，我们不难发现，世界各地的以某一地域文化背景为描写对象和基础的作品，无不闪现着永恒的光辉，并因此诞生出了许多大师级的杰出作家和作品。这些作家及其作品又构成了地方文化不可或缺的极为重要的组成部分，极大地丰富了地方文化的内涵，提升了地方文化的品格，升华了地方文化的光彩。我们无法想象没有鲁迅的浙东文化，没有沈从文的湘西文化，没有莫言的齐鲁文化，将会有多少缺憾。正是有了这些文学大师的生产创造，留下这么多弥足珍贵的文化精品，才使得地方文化绽放出更加夺目耀眼的光彩，才会永葆活力和魅力。他们久沐着一方水土的丰富滋养，与地方文化血脉相连，却早已突破一地一市的狭小格局，而成为中国的、世界的。奇异秀丽的自然山水、悠久深厚的人文历史以及多姿多彩的民族风情使得八桂文化具有丰富的文化内涵和浓厚的历史底蕴。从白先勇的小说中可以体会到他对于这块生之育之的八桂大地的深情，以及对传统文化的无比眷恋和热爱。他所热情洋溢描写的桂林山水、桂林米粉、桂戏、桂林话，以及栩栩如生、个性鲜明的人物形象，不仅为世人展示了八桂文化的独特风采和魅力，而且极大地丰富了八桂文化的人文内涵，升华了八桂文化的光彩。同时，他的创作起到了承上启下的重要作用，《玉卿嫂》《花桥荣记》等作品的成功，又为新时期本土作家的地域文化书写提供了可资借鉴的范本。

"桂林山水甲天下"，这一千古绝句让桂林名扬中外、久负盛誉。可以说，人们对桂林的认知和了解最初是来自于文学艺术作品。"文章图山水而发，山水得文章而传。"自然风光与人文景观相得益彰，是桂林文化的鲜明特色。白先勇现在已经成为具有国际影响力的著名作家，他的作品被翻译成多种文字出版，名扬四海。2012年，白先勇与莫言、朗朗等文化名人成为"传播中华文化年度十大人物"，其品牌影响力将会大大提升。白先勇及其作品是宝贵的巨大的文化财富。因此，在广西兴起文化建设新高潮，打造民族文化强区的时代背景下，如何充分利用作家资源，将作家的精神文化产品更好地融入广西文化发展建设之中，借助白先勇的国际影响力提升广西文化的品位和内涵，提高广西文化软实力和影响力显得尤为重要和迫切。

# 白先勇小说创作与地方文化互动关系研究

　　自古以来，人们对地域与人及文学的关系进行了深入探讨。《管子·水地》篇写道："齐之水躁而复，故其民贪粗而好勇；楚之水淖弱而清，故其民轻果而贼；越之水浊重而泊，故其民愚疾而垢；秦之水泔聚而稽，淤滞而杂，故其民贪戾罔而好事。齐、晋（指两地之间）之水枯旱而运，淤滞而杂，故其民巧佞而好利。燕之水草下而弱，沈滞而杂，故其民愚憨而好贞，轻疾而易死。宋之水，轻劲而清，故其民闲易而好正。"古人认为一方水土便产生一方人的气质、精神和品格。清代的刘师培在《南北文化不同论》中认为："北方之地，土厚水深，民生其间，多尚实际；南方之地，水势浩洋，民生其间，多尚虚无。民崇实际，故所著之文，不外论事析理二端。民尚虚无，故所作之文，成为言志抒情之体。"地气不同，则民风有异，民风有异，则文风也迥异。南方和北方由于地形地貌、气候条件等自然地理环境的不同而形成了不同的文学风格。地域自然环境对人和文学的影响由此可见一斑。

　　地域人文环境对文学的影响同样巨大，而且这种影响力更深入内里、更持久。法国文学家丹纳把文学创作三要素归结为环境、种族、时代，他认为："作品的产生取决于时代精神和周围的风俗。"① 我国著名学者严家炎在谈到地域与文学的关系时也认为："地域对文学的影响是一种综合性的影响，决不仅止于地形、气候等自然条件，更包括历史形成的人文环境等种种因素，例如该地区特定

————————

　　① 丹纳：《艺术哲学》，人民文学出版社，1981。

的历史沿革、民族关系，人口迁徙，教育状况、风俗民情、语言乡音等；而且越到后来，人文因素所起的作用也越大。"① 文学与地域有着极为密切的关系，从某种意义上说，文学的发展在很大程度上得益于地域文化的丰富多样性。"地域文化"是在人类的聚落中产生和发展的，它以世代积淀的集体意识为内核，形成一种网络状的文化形态、风俗、民情、宗教、神话、方言，包括自然生态和种族沿革等等，组成一个相互关联的有机的系统②。人是文化中的人，每一个有着独特风格和鲜明个性的作家，都禀赋一定地域的历史文化渊源，其创作必然打上地域文化的烙印。

地方文化对白先勇的小说创作有着十分明显和主要的影响。

## 一、地方文化是白先勇小说创作的源泉与动因

白先勇童年时期曾经在桂林、重庆、上海等地生活，受到不同地方文化的熏陶、滋养，多种文化的碰撞、杂糅，对他幼小的心灵造成巨大的冲击。在多种文化混合的环境中成长，对他日后的创作产生了重要影响。尤其是桂林文化和上海文化，对白先勇而言意义非凡。

桂林，不仅"山水甲天下"，而且还是一座具有悠久历史和文化积淀的历史文化名城。千百年来，神奇秀丽的桂林山水吸引着无数文人骚客，留下了宋之问、张九龄、李商隐、范成大、黄庭坚、徐霞客等历代名人学士的足迹，也留下了宝贵的山水诗词、散文、绘画作品。如唐代诗人韩愈的"江作青罗带，山如碧玉簪"，宋代王正功的"桂林山水甲天下，罗碧带青意可参"等名句流芳百世。至今流传下来的桂林山水诗词有近万首。除了山水文化，桂林的民间文化丰富多彩，别具特色。作为"北通中原，南达海域"的重要接合部，几千年的历史积淀，中原儒家文化与当地民族文化的碰撞交融，使桂林这座历史文化名城弥漫着浓郁的文化气息。产生于宋元之际的桂林彩调，形成于明清之交的桂剧和桂林文场，构成了广西艺苑的三朵奇葩。此外，当地的民间歌谣、民间谚语甚为丰富，民间文艺活动也相当活跃。在抗日战争时期，全国一千多位文化名人从四面八方云集桂林，推动了桂林文化的繁荣发展。桂林文化城文人荟萃、文化团体众多、

---

① 严家炎：《二十世纪中国文学与区域文化丛书·总序》，湖南教育出版社，1995。
② 田中阳：《论区域文化对当代小说艺术个性形成的影响》，《中国文学研究》1993年第3期。

出版业繁荣，文化事业蔚为大观，其中以"西南剧展"的成就最为显著。桂剧，在著名剧作家欧阳予倩等文化名人的推动下呈现出一片欣欣向荣的景象。山水文化、历史文化、民间文化、抗战文化构筑了桂林文化城的深厚根基。

一个作家的才华和灵感与其文化背景有着必然的、深刻的联系。我们考察文学史，发现一个普遍的现象是优秀的作家往往都诞生于深厚的文化土壤之中，因为底蕴丰厚的民族文化和地方文化蕴含着独特的世界观、人生观和价值观，并传达出独特的审美传统和艺术个性。只有立足本土，汲取民族文化和地方文化传统的精华，并有创造性发展和表现的作家，才能具备真正的独特和深邃。历史悠久、丰厚多姿的桂林文化孕育滋养了一代代文学大师，又如春雨甘露般哺育着白先勇。白先勇生于 1937 年，他在桂林度过的七年童年时光，正是桂林抗战文化城迅速崛起，跃上历史的巅峰，走向时代辉煌的繁荣时期。桂林丰厚的文化资源、强烈的文化气场、浓厚的文化氛围，对耳濡目染的桂林人无不产生潜移默化的影响。故乡的美丽山水、历史文化资源、风俗民情、民间戏曲、方言俗语以及童年生活经历等都成了白先勇受用不尽的创作源泉。白先勇创作的短篇小说中涉及桂林的人与事的就有《玉卿嫂》《闷雷》《我们看菊花去》《花桥荣记》四篇。白先勇早期小说代表作《玉卿嫂》写的就是地地道道的桂林故事，带有鲜明的自传色彩。桂林民俗文化源远流长、丰富多彩。这里有美丽动人的山水传说，别具风味的饮食文化，别具风情的民间艺术，别具一格的建筑风格。白先勇根植于地方文化的沃土，从中汲取有益的养料，将桂林米粉、桂戏、莲花落、花桥等最具地方色彩的饮食文化、艺术文化、建筑文化都一一写进了小说里，极大地丰富了小说的文化内涵。桂林这座山水秀丽的历史文化名城给予白先勇丰厚的馈赠，激发了他无限的遐想和创作灵感，从而创作出一篇篇精品佳作。

除了桂林，上海对白先勇小说创作的影响同样是深远的。抗战胜利后，1946—1948 年，白先勇曾在上海居住了两年半。虽然时间不长，但十里洋场的大上海给他留下了难以磨灭的印象。几十年之后，他回忆起上海，当年在上海逛商场、看电影、游玩时的景象依然历历在目。"童稚的眼睛像照相机，只要看到，咔嚓一下就拍了下来，存档在记忆里。虽然短短的一段时间，脑海里恐怕也印下了千百幅'上海印象'，把一个即将结束的旧时代，最后的一抹繁华，匆匆拍摄下来。"上海是给他"留下最深刻印记的大陆城市，也是作品中始终留存的影子"。白先勇发表的第一篇小说《金大奶奶》写的就是上海人的故事。在他的短篇小说中，涉及上海的人与事的就有九篇，而且《寂寞的十七岁》《台北人》《纽约客》三个系列的首篇小说《金大奶奶》《永远的尹雪艳》《谪仙记》均取材于上海，这显然并非偶然。究其根本，是因为光怪陆离的上海以及象征着都市文明的上海文化激发了白先勇丰富的创作灵感和审美想象。

### 二、地方文化表现是白先勇小说的重要内容

中国文化源远流长、博大精深、灿烂辉煌。几千年来，由于自然环境的差异和政治、经济发展的不平衡，历史悠久而又疆域辽阔的中国形成了各具特色的地域文化。地域文化是中国文化的重要组成部分和依托。特色鲜明的地域文化构成了中国文化的多元一体格局。一方水土养育一方人，一方人创造一方文化，一方文化又丝丝入扣地渗透到人们的思想、情感、行为、心理以及日常生活之中。传统文化根深蒂固，其效力之大、影响之深毋庸置疑。

白先勇的小说常常以某个地方为背景，以许多人物来反映一种文化。如在白先勇以上海为背景的小说中，有几位上海女性的形象是十分鲜明的，凸显了地域性格特色。《永远的尹雪艳》中的交际花尹雪艳、《金大班的最后一夜》中的红舞女金兆丽、《谪仙记》中的留学生李彤、《谪仙怨》中的黄凤仪，尽管她们的身份地位悬殊，但在上海都曾经有着辉煌的过去：尹雪艳好像"是上海百乐门时代永恒的象征"，"周身都透着上海大千世界荣华的麝香一般"；金兆丽的风头则是"当年数遍了上海十里洋场，大概只有米高梅五虎将中的老大吴喜奎还能和她唱对台"；李彤"家里最有钱，李彤的父亲官做得最大"；黄凤仪以前也是"高高贵贵"，"过惯了好日子的"。这些曾经的辉煌直指美色、金钱、权势，这些都是上海典型的文化符号①。

风俗是人们借以观察社会人生的重要窗口。文学要写人性，要观察和反映一个民族、社会的历史和文化，就需要从人的日常生活切入，尤其要以其中模式化的活世态生活相——风俗文化作为最佳的窗口。正是因为在人的日常生活以及风俗习惯中栖居着民族文化传统的灵魂，所以，许多优秀的作家都以风俗民情作为

---

① 赵艳：《论白先勇的上海书写》，《文学评论》2011 年第 4 期。

反映现实生活、洞悉人性的窗口，在作品中展开了对日常生活、风俗文化的刻画和描写。白先勇在小说中精心营造了一种浓郁的文化氛围，注重在日常生活的细节描写中展现色彩斑斓，独具特色的地方文化。

民以食为天，我国饮食文化博大精深，八大菜系各领风骚，地方风味各具特色。白先勇在小说中浓墨重彩地描绘了各地饮食文化。如《永远的尹雪艳》中，尹公馆的宁波年糕、湖州粽子、上海名厨的京沪小菜，《花桥荣记》中的桂林马肉米粉，《岁除》中的川菜"蚂蚁上树"，《一把青》中的家常菜"麻婆豆腐""豆瓣鲤鱼""糖醋猪蹄"，《游园惊梦》中窦公馆的名菜镇江醋红烧鱼翅、花雕酒，等等。

地方艺术文化在白先勇小说中占据重要一席。堪称短篇小说经典的《游园惊梦》是书写昆曲的华丽篇章。小说借钱夫人个人身世的沧桑史，暗示了昆曲的衰落，表达了作者对中国传统文化之命运的深刻反思。广西地方戏曲——桂戏在白先勇的小说中也有浓墨重彩的一笔。桂戏在桂林这块钟灵毓秀的土地上扎根生长，历经几百年，形成了独具地方特色和韵味的舞台艺术。小说《玉卿嫂》中描写桂林高升戏院"角色好，行头新，十场倒有七八场是满的"，从中可以感受桂戏的巨大魅力。

语言不仅是文学表达思想内容的工具，而且它本身也是文化载体和文化构成要素。白先勇小说的语言特色之一就是灵活生动地运用各种方言俗语。不同的语言显示出不同的地域韵味。如《玉卿嫂》是用桂林方言写成的，展现了广西的风土人情，地域色彩非常浓厚。在其他作品中还涉及吴方言（《永远的尹雪艳》）、闽南方言（《那片血一样红的杜鹃花》）、四川方言（《岁除》），等等。

白先勇在小说中展开了对丰富多彩的地方文化的细腻描绘，然而这并非是对地方文化的简单描摹，小说力求涵纳更为广泛、更为深刻的思想内容。白先勇在对日常饮食起居、风俗民情的描写中融入了深邃新鲜的思想内容和哲学观念，表达了他对中华民族优秀传统文化的深思。

### 三、地方文化是白先勇小说的情感依托

白先勇的小说写的都是中国的人和事，虽然他的小说借鉴和吸收了西方现代主义的艺术技巧，形式上是现代的，内核却是传统的，其思想内容和情感与乡土

小说基本上是一致的，在白先勇的小说中弥漫着一股浓得化不开的乡愁，文化乡愁。

1963年，白先勇离开台湾去美国留学，他深刻感受到了身在异国他乡的游子对祖国和家乡那份浓浓的乡愁。白先勇心目中的"乡"并没有一个特指的地方，就如同他自己所说的："我不认为台北是我的家，桂林也不是——都不是……在美国我想家想得厉害。那不是一个具体的'家'、一个房子、一个地方。或任何地方，所有关于中国的记忆的总和，很难解释的。可是我真想得厉害。"① 由此观之，白先勇心中所怀的"乡"正是中华民族五千年的悠久文化。因为他身在国外，受到外来文化的强烈冲击，深切体验到了文化认同危机，"虽然在课堂里学的是西洋文学，可是从图书馆借的，却是一大沓一大沓有关中国历史、政治、哲学、艺术的书，还有许多五四时代的小说。我患了文化饥饿症，捧起那些中国历史文学，便狼吞虎咽起来"。"去国日久，对自己国家的文化乡愁日深，于是便开始了《纽约客》，以及稍后的《台北人》。"② 白先勇先是跟随家人离开大陆迁往台湾，之后又出国求学、工作，独在异乡为异客的孤独感和彷徨感，让他对故土家园有了深切的思念，这种萦绕心头、挥之不去的乡愁又凝聚为对中国传统文化命运兴衰的忧思，即文化乡愁。这份浓厚的文化乡愁促使他开始了《台北人》的创作。

《台北人》一共十四篇短篇小说，它们各自独立，却始终有一根红线将它们串联在一起，形成一个囊括在"台北人"之下的整体，因为作者在创作时就有一个总体构思和意向。白先勇在《台北人》的扉页有这样的题词，"纪念先父母以及他们那个忧患重重的时代"，并引录了唐代著名诗人刘禹锡的《乌衣巷》："朱雀桥头野草花，乌衣巷口夕阳斜。旧时王谢堂前燕，飞入寻常百姓家。"题词和引诗，明白无误地昭示了《台北人》的根本旨趣，概括起来说，就是抒发历史兴亡之感、文化盛衰之思，即对文化乡愁的抒发。如果说这十四篇小说是一颗颗闪耀的珍珠，那么文化乡愁就是那根红线，把它们串联在一起，串成一条精致华美的珍珠项链。正如欧阳子所言："这十四篇聚合在一起，串联成一体，则效果遽然增加。"《台北人》中的人物，囊括了社会各个阶层，从位高权重的将军到普通

① 林怀民：《白先勇回家·白先勇文集·第四卷》，花城出版社，2000。
② 白先勇：《蓦然回首》，载《第六只手指》，花城出版社，2000。

的士兵，从上流社会的贵夫人到下层的女佣，从高级舞女到妓女，从知识分子到商人。这些人都是因为某种原因离开大陆客居台湾的"台北人"，他们有着不同的地域文化背景（上海、桂林、南京、四川、湖南等），身份地位悬殊、行业各异，但都有一段难忘的沉重的记忆，有一份"恰似一江春水向东流"的乡愁。这些远离故土的"台北人"深切怀念昔日的繁华景象，思念大陆的山山水水，故土亲人，却只能在对过去、对家乡、对亲人一次次深情的回眸和念想中陷入痛苦和迷茫。他们饱经世事沧桑变幻、人生悲欢离合，心中无言的痛楚和惆怅却无处诉说，而能够暂时排解他们的乡愁，给他们带来一丝安慰的无非是一盘地道的京沪小菜、一碗热气腾腾的桂林米粉、一句熨帖的吴侬软语、一段耳熟能详的桂戏……小说抒写了他们浓烈而真挚的乡愁，而这种思乡恋旧的情感具体表现为对地方文化的热爱，渴望回归象征着精神家园的"故乡"。

## 四、地方文化色彩赋予白先勇小说个性

美国小说家兼批评家赫姆林·加兰曾指出："显然，艺术的地方色彩是文学的生命力的源泉，是文学一向独具的特点。地方色彩可以比作一个人无穷的、不断涌现出来的魅力。我们首先对差别发生兴趣；雷同从来不能吸引我们，不能像差别那样有刺激性，那样令人鼓舞。如果文学只是或主要是雷同，文学就要毁灭了。""今天在每种重大的、正在发展着的文学中，地方色彩都是很浓郁的。"[①]我国伟大的文学家鲁迅先生也说过，有地方色彩的，倒容易成为世界的。诺贝尔文学奖获得者福克纳是美国"南方文学"的代表作家，一生共写了十九部长篇小说，近百部中短篇小说。深受家庭传统和南方风土人情的影响，福克纳"其中绝大部分作品以作者虚构的约克纳帕塔法县为背景，在'家乡那块邮票大小的地方'，'创造出自己的一个天地'，即'约克纳帕塔法世系'"[②]。中国第一个获得诺贝尔文学奖的作家莫言，同样创造出了属于自己的天地——山东高密乡。莫言迄今为止最具影响力的代表作《红高粱家族》就是以家乡高密作为创作背景，激情洋溢地描述着"我爷爷""我奶奶"们的传奇，赞叹未被现代文明桎梏的原始质朴、生机蓬勃的生命力。那一望无际、翻腾滚滚的红高粱是最具有地域特征的

---

① 赫姆林·加兰：《破碎的偶像》，三联书店，1984。
② 王宁：《诺贝尔文学奖获奖作家谈创作》，北京大学出版社，1987。

景物，作家赋予红高粱独特的文化内涵和象征意义，象征着敢爱敢恨、率真豪爽、雄强勇武的民族精神品格。莫言发现了传统文化中的"酒神"精神，表现了原始、野性的力和美，形成了自己独特的个性。与北方文化的"酒神"精神不同，沈从文发现了楚文化的妩媚、神秘、诡异、瑰丽，精心构筑了田园牧歌般的"湘西世界"，表现了"优美、健康、自然而又不悖乎人性的人生形式"，展现了楚文化的瑰丽与魅力。

地方文化对白先勇的创作和风格产生了潜移默化的影响。白先勇将五彩斑斓的地方文化色彩融入作品中，不但增添了作品的文化内涵，更重要的是凸显了人物的性格特征，发掘了人物的文化心理，强化了小说人物形象的塑造。人物是白先勇小说的核心，在创作中他"先想人物，然后编故事，编故事时，想主题"，在他看来人物在小说里占有非常重要的地位，人物比故事还要重要。白先勇的小说成功塑造了众多性格鲜明、命运多舛、栩栩如生的人物形象。而他笔下的这些人物都是在某种特定的地域文化背景中生活，具有鲜明的地域性格。正是由于受到不同的地域文化的熏陶和浸染，才有了清丽素净的玉卿嫂、冷艳逼人的尹雪艳、泼辣粗俗的金兆丽……不同的地域造就了不同的文化，不同的文化塑造了不同的性格，白先勇小说中的人物都是活生生的，有血有肉的，给人留下深刻的印象。在作品中表现地方文化色彩使得小说不重复、不雷同，赋予小说独特的个性，增强了小说的魅力，从而使小说获得了永恒的生命力。

白先勇是一个追求思想的深刻性和艺术的完美性的作家。在 20 世纪六七十年代，白先勇的小说就以其深厚的文化穿透力和纯熟的艺术表现力创作了一篇篇精品佳作，显示了其独特和卓越的写作才华，奠定了其在华文文学史上的地位。对此，美国著名学者夏至清这样高度评价："白先勇是当代短篇小说的奇才"，"在艺术成就上可和白先勇后期小说相比或超越他的成就的，从鲁迅到张爱玲也不过五、六人"[1]。

## 五、结语

作家与地方文化有着血脉相连的密切关系，优秀的作家往往诞生于肥沃的文

---

[1] 夏至清：《白先勇早期的短篇小说·寂寞的十七岁》，广西师范大学出版社，2010。

化土壤之中。一方面，地方文化为作家提供了丰富养料和创作素材，为作家的小说创作奠定了厚实的文化基础，而且地方文化的自然景观和人文景观作为民族化和大众化的重要标志，是文学作品富有文化底蕴，超越时代局限的重要因素。另一方面，作家及其作品又构成了地方文化不可或缺的重要组成部分，是一笔宝贵的精神财富。白先勇的小说创作深受地方文化潜移默化的影响，塑造了一个个不朽的艺术典型，创作出一篇篇精品力作，形成了自己独特的艺术风格，从而奠定了他在中国当代文学史上的地位。而白先勇以地方文化为创作背景的小说，是书写地方文化的华彩篇章，使地方文化获得了永久蓬勃的艺术生命力，极大地提升了地方文化的文化内涵和文化品位，增添了地方文化的光彩。同时，他的作品又能让更多的读者了解和领略地方文化的独特魅力，从而扩大地方文化的影响力。

# 论地方文化在白先勇小说中的价值和功能

　　白先勇饱含深情地描写了富有地方色彩的饮食文化、风俗民情、方言俗语、民众心理等，艺术化地展现了地方文化的深邃内涵和地域特征。地方文化是白先勇小说重要的表现内容，在白先勇的作品中占有重要的地位，具有特殊的价值和功能。本文将从以下四个方面探讨地方文化在白先勇小说中的价值和功能。

## 一、以地方文化彰显人物形象特征

　　"文学就是人学"，文学作品要真实地反映社会生活，就离不开写人。写人，塑造出不朽的艺术形象正是现代小说创作的重心。马克思说过，环境塑造人。小说中人物的刻画离不开特定的环境，离不开跟人们生活密切相关的社会风俗、习惯等。那些卓有成就的作家往往在特定的地域环境中来塑造人，刻画人性。汪曾祺在谈及自己的小说时曾说："写风俗是为了写人。"[1] 因此，作家在小说中的民俗描写都是为了塑造人物形象，彰显人物性格特征，使人物形象更加立体、丰满、生动。

　　在《永远的尹雪艳》中，白先勇塑造了尹雪艳这个不朽的艺术典型。尹雪艳是旧上海十里洋场的产物，"是上海百乐门时代永恒的象征，京沪繁华的佐证"，"周身都透着上海大千世界荣华的麝香"。尹雪艳身上具有典型的上海特质。白先勇在刻画和塑造尹雪艳时，不仅抓住了人物的地域特征，还融入民间八字、巫术

---

　　① 汪曾祺：《〈大淖记事〉是怎样写出来的》，载《汪曾祺文集·文论卷》，江苏文艺出版社，1993，第61页。

的说法，使她具有一种不同于凡人的"超自然性"和神秘感。小说开头就说尹雪艳总也不老，无论人事怎么变迁，她仍旧穿着一身蝉翼纱的素白旗袍，"一径那么浅浅的笑着，连眼角儿也不肯皱一下"。尹雪艳现今是台北有名的交际花，曾经是上海百乐门大红大紫的高级舞女，多少五陵年少统统拜倒在她的石榴裙下。尹雪艳迷人的地方实在讲不清，数不尽。不光是外貌、仪态，更为重要的是她身上的神秘感。按民间八字禁忌，尹雪艳的八字带着重煞，犯了白虎，沾上的人，轻者家败，重者人亡。这种民间迷信的说法大大增加了她的神秘，上海滩的男士们都对她产生了十分的兴味，跃跃欲试。果然，沾上尹雪艳的男人，终究都没有逃过厄运，落得家败人亡的下场。曾经追求尹雪艳的上海棉纱财阀王家的少老板王贵生为了击败尹雪艳身边的逐鹿者，拼命地投资，不择手段地赚钱，最后犯上官商勾结的重罪，被枪毙了。曾经是上海金融界热可炙手的洪处长抛妻弃子，把尹雪艳变成了洪夫人。但他的八字到底软了些，没能抵得住尹雪艳的重煞，一年丢官，两年破产，到了台北连个闲职也没捞上。台北的新兴工业巨子徐壮图，原本是个务实厚道的正人君子，但自从认识尹雪艳后就仿佛着了魔，性情大变。有一天，当徐壮图向一个工人拍桌子喝骂时，那个工人突然发了狂，一把扁钻从他胸前刺穿到后背。难怪吴家阿婆说尹雪艳是祸乱人间的妖孽，还不知道是什么东西变的呢。为了影射尹雪艳是"魔"，以及她的不可捉摸，作者在形容尹雪艳时一再采用与巫术、庙宇有关的词汇和意象语。如"通身银白的女祭司""祈祷与祭祀""冰雪化成的精灵""神谕""像一尊观世音"，等等。这些暗示语表明了作者塑造尹雪艳这个形象是具有深刻的象征含义的。尹雪艳可视为欲望的化身和死亡的化身。当人们不择手段、不惜一切代价地想要满足个人日益膨胀的欲望时，其实离死神也就不远了。

　　如果说《永远的尹雪艳》反讽的是人性贪婪自私的一面，那么，在《花桥荣记》中，作者则通过"烧纸钱"这一民俗事象来展现人性的光明面。中国人自古就有敬重鬼神的传统习俗，在丧葬仪式中为死去的人念经超度、烧纸钱，以此祭奠亡灵、寄托哀思。在小说《花桥荣记》中，老板娘是一个富有同情心和人情味的人物，她为孤苦伶仃死去的李老头子、秦癫子烧过不少纸钱。卢先生死后，她还特地请和尚道士来为他念经超度，烧纸钱安魂。老板娘只是一个普普通通的妇女，然而她却能以这种看似平凡的方式给客死他乡的同胞以死后的终极关怀。她的古道热肠与她所身处的冷漠自私的社会环境形成了鲜明对比。这些来自本原的人性关怀，彰显老板娘善良纯朴、真诚热情的性格品质，在她身上闪耀着人性的光辉，流淌着人情的温暖。

方言是某一特定地域的历史和文化积淀，反映着某一地域的自然与人文特色，独特的风俗与民情。恰如其分地运用方言，对刻画人物形象、突出人物性格特征具有十分重要的作用。白先勇一再强调，人物的语言要符合人物的身份。因此，在创作时，他很注重并善于使用方言来表现人物的性格特征。在小说《玉卿嫂》中，白先勇生动地塑造了玉卿嫂这个桂林女性形象。一方水土养育一方人，玉卿嫂身上就具有鲜明的桂林地域特色。在外貌气质上，她深得桂林山水灵秀之气的滋养，爽净、标致，"秀"是她突出的外貌特征。在性格方面，"玉卿嫂这个人是我们桂林人喊的默蚊子，不爱出声，肚里可有数呢！"突出了她娴静文雅，独立自主的性格特征。通过桂林方言的运用，一个立体、生动、丰满的桂林女子形象呼之欲出，跃然纸上。在《金大班的最后一夜》中，金大班的形象则是通过上海方言体现出来的。如她在面对童经理的责难时，马上伶牙俐齿地反击，狠狠地啐了一口，骂道："娘个冬采！""好个没见过世面的赤佬！"几句上海话，就把一个混迹于上海、台北夜总会的泼辣粗俗的大班形象栩栩如生地描绘了出来。

## 二、以地方文化烘托小说主题

小说的主题是通过对现实生活的描写、通过塑造的艺术形象表现出来的。从这个意义上说，小说中的一切民俗描写都是为表现主题服务的[①]。因此，白先勇小说中大量的关于地方文化的描写，并不是为了单纯地展示山川风物、奇风异俗，满足读者的猎奇心理，而是以它们作为小说的线索，推动故事情节的发展，烘托小说的主题。白先勇将风土民情、饮食起居、方言俗语、神话传说，同历史变迁中人物和事件巧妙地编织在一起，表达了他对社会巨变之感慨，对面临危机的传统中国文化之乡愁。

欧阳子在《白先勇的小说世界——〈台北人〉之主题探讨》中，把《台北

---

① 叶振忠：《民俗文化在现代小说创作中的作用》，《中南民族学院学报（哲学社会科学版）》1999年第4期。

人》的主题概括为三点:"今昔之比""灵肉之争"与"生死之谜",并认为这三个主题互相关联、互相环抱,其实是一体,共同构成十四篇小说的内层锁链。白先勇在《台北人》中描写了大量的风情民俗,通过地方色彩的渲染来烘托小说深刻的主题意蕴。

在《花桥荣记》中,白先勇以写实的笔法描写了一群远离故土客居台北的广西人的生存境况和命运遭遇,以及他们内心无法诉说的乡愁。小说的故事情节是围绕着富有浓厚的地方文化特色的桂林米粉店——花桥荣记来开展的,小说中的各色人物在花桥荣记逐一登场。

桂林米粉是广西最有名、最具特色的传统美食小吃之一,在其漫长的发展历史过程中,桂林米粉成了民众喜爱的老少皆宜的食品,它具有平民化、大众化等显著特点。因为桂林米粉所具有的平民化、大众化特点,所以当白先勇把他关切的目光投向这群客居台北的底层广西人时,桂林米粉店无疑是洞察众生相的最佳窗口。桂林米粉不仅是一种饮食文化,更是一种"家乡的味道"。在小说中,叙述人"我"的爷爷从前在桂林经营一家桂林米粉店,店名叫"花桥荣记",战后"我"在台北长春路上开了一家米粉店,名字也叫"花桥荣记"。光顾店里的常客大多是广西同乡,为着要吃点家乡味,才常年来这里包饭。他们的"思乡之情""思乡之苦"构成了小说的情感基调。小说在对"乡愁"的渲染中,凸显出"今非昔比"的主题意识。这一主题思想贯穿整个小说的始终。小说一开头就写道:

提起我们花桥荣记那块招牌是响当当的。当然,我是指从前桂林水东门外花桥头,我们爷爷开的那家米粉店。黄天荣的米粉,桂林城里,谁人不知?哪个不晓?

小说结尾几句:

我好指(照片)给他们看,从前我爷爷开的那间花桥荣记,就在漓江边,花桥桥头,那个路子口上。

小说以爷爷开的桂林米粉店"花桥荣记"开始,又以爷爷的"花桥荣记"结束。小说首尾呼应,描写的都是过去"花桥荣记"的光辉历史,在"想当年"的感慨中,抒发了深切的乡愁和"今不如昔"的主题思想。

在小说中"今不如昔"的主题思想还通过桂林地域自然环境与台北地域自然

环境的对比体现出来。老板娘一心向往自己日夜思念的故乡桂林，心里一直在抵触，瞧不起现在的台北：

我们那里，到处青的山，绿的水。人的眼睛也看亮了，皮肤也洗得细白了。几时见过台北这种地方？今年台风，明年地震，任你是个大美人胚子，也经不起这些风雨的折磨哪！

提起桂林，老板娘总是自豪地说"我们桂林""我们那里"，她把所有美好的记忆和念想都留给了山明水秀的桂林，而台北在她眼里则是一个今年台风，明年地震，如噩梦一般的地方。对老板娘来说，台北只是陌生的异地，无法给她"家"的感觉和温暖，虽然从表面上看她为谋生存也能勉强接受现实，但实际上并无法真正地融入其中，内心缺乏一种认同感和归属感。正是因为对现居的台北始终无法认同，甚至存在抵触和排斥心理，所以，老板娘时时刻刻都在拿台北跟桂林作对比，但越是比较就越发觉今不如昔，乡愁就更加浓烈，也更加无法释怀。

在《花桥荣记》中富有地方文化特色的桂戏同样具有烘托乡愁主题思想的价值和功能。在小说中，老板娘"我"和卢先生都非常喜爱桂戏。老板娘从前在桂林是个大戏迷，小金凤、七岁红他们唱戏，她天天都要去看的。小说描写一个秋天的午后，卢先生在小公园里拉弦子，原来是在拉桂林戏，于是老板娘便央求他唱了段《薛平贵回窑》。在"咿咿呀呀"带着点悲酸的弦音中，卢先生沉浸在过去的回忆里，沉浸在对未婚妻的深深思念中；而老板娘则蒙眬睡去，忽而梦见小金凤和七岁红在台上扮演《回窑》，忽而梦见那薛平贵变成她先生，骑着马向她跑过来。一段家乡的桂戏把他们对故乡、对亲人深切的无穷无尽的思念都唱了出来，把乡愁渲染得淋漓尽致。

同样是表现小人物的乡愁意识，在另一篇小说《那片血一般红的杜鹃花》中，白先勇就借用了"杜鹃啼血"神话传说来烘托小说的主题思想。小说描写的是底层小人物王雄的悲剧故事。王雄是湖南人，年轻时被抓去当兵，后来又随军到了台北。退伍后，他在台北当用人。他痴爱着主人家的女儿丽儿，因为她长得像自己年少时在湖南乡下定了亲的"小妹仔"。丽儿喜欢杜鹃花，王雄就在花园里种满了杜鹃花。丽儿小时候跟王雄很"投缘"，但等丽儿入中学后，改变了对王雄的态度，有意疏离他，甚至嘲笑他，王雄变得沉默暴戾。有一天，他与女佣喜妹发生了强烈冲突，对她施暴后，跳海自杀。因为按照王雄的说法，湖南乡下有赶尸的习俗，人死在外头，要是家里有挂得紧的亲人，那些死人跑回去跑得才快呢。他之所以选择跳海，就是希望自己能够顺流去寻找自己的亲人，魂归故里。

杜鹃花的名字，来源于"杜鹃啼血"的古老神奇故事。传说周朝末年，蜀地君主杜宇，号曰望帝。后来禅位退隐，不幸国亡身死，魂化为鸟。暮春啼苦，乃至于口中流血，其声哀怨凄悲，感人肺腑，名为杜鹃。杜鹃啼血溅洒在花丛上，便化为杜鹃花。显然，白先勇借用这一神话传说，将其象征意义融入小说中，暗示王雄和杜宇一样含恨而死，又因为对情的执着而魂兮归来，杜鹃的啼叫又好像是说"不如归去，不如归去"，它的啼叫容易触动人们的思乡、归乡之情。宋代范仲淹有诗云："夜入翠烟啼，昼寻芳树飞，春山无限好，犹道不如归。"这和王雄"怀乡的哀愁"暗中吻合，有力地烘托了小说的主题。

### 三、以地方文化昭显民族文化精神

文化，是民族之根，民族之魂。一个民族特有的风土人情、思维方式、价值观念、信仰禁忌、节庆仪式、生活习尚等，是一个民族历史文化传统和文化心理的具体体现。文学作品要真实地反映社会现实生活，刻画民众心理，彰显民族文化精神，就必须以具体的生活样式来表现，必然离不开跟人们生活密切相关的风俗。正如唐弢先生所说："民族风格的第一个特点是风俗画——作品所反映的具有中国特色的社会生活、风土人情、世态习俗，也就是历来强调的采风的内涵。文学作品要表现社会生活，也要表现社会情绪，离不开富有民族色彩的风土人情、世态习俗。"[1] 汪曾祺也说过："风俗是一个民族集体创作的抒情诗。"[2] 他认为："风俗，不论是自然形成的，还是包含一定的人为成分，都反映了一个民族对生活的挚爱，对'活着'所感到的欢愉，风俗是民族感情的重要组成部分。"[3] 由此可见，地域风俗文化在构成作品民族风格、反映民族精神品质中的重要作用。然而，小说如果只是单纯地去描摹山川风物、奇风异俗，那么，这与风俗志

---

[1]　唐弢：《西方影响与民族风格》，人民文学出版社，1989。
[2]　汪曾祺：《谈风格》，载《汪曾祺文集·文论卷》，江苏文艺出版社，1993，第53页。
[3]　汪曾祺：《谈风格》，载《汪曾祺文集·文论卷》，江苏文艺出版社，1993，第61页。

的描写并无两样。因此，在一个作品中，光是描绘某个地域的风俗特色是远远不够的。换句话说，在小说中的风俗民情描写的目的和用意，不在于铺陈渲染奇风异俗，而是透视地域文化心理，彰显民族文化精神，塑造民族之魂。正如果戈理所说："真正的民俗形式，不在于描写农妇穿的无袖长衫，而在民族精神本身。"① 这就是说，要深入地表现一个民族的文化心理，或一个地方人们的地域文化心理，就要写出地方色彩所折射出的民族性格、民族心理和人性之美。古今中外的作家都非常注重以地域民俗文化来刻画民族性格，表现民族精神。譬如鲁迅就特别重视地方色彩在小说中的独特作用，在作品中生动细致地描写了与民众生活息息相关的风俗民情，在《祝福》《故乡》《药》《社戏》《端午节》《孔乙己》《阿Q正传》等十多篇小说中均涉及了绍兴地方民俗文化。在这些小说中，有清明节上坟烧纸、年节祝福祭祀等节日信仰民俗，以盐煮笋、茴香豆下酒等饮食民俗，还有入殓出殡作法事的丧葬民俗，用人血馒头治肺病的俗信，以及社戏等地方民间艺术。可以说鲁迅小说中充满了浙东绍兴风味的民俗文化。鲁迅是通过民俗文化的描写来刻画国民愚昧、麻木的灵魂，以期达到改造国民劣根性之目的。以描写湘西风土人情著称的沈从文在小说中描绘了一幅幅色彩斑斓的风俗画，如端午节赛龙舟的节庆民俗、唱山歌择偶的婚俗、以小白羊作为定情物的礼俗，等等。沈从文通过对湘西边地原始质朴的风俗民情的生动展现，讴歌了人性的真善美，彰显了中华民族的传统美德。

白先勇从早期小说创作开始就十分注重对地方风土民情的收集、整理和书写，如在早期作品《玉卿嫂》中，作者就饶有兴味地描绘了一幅浓墨重彩的桂林风俗画。在作品中既描绘了过年节庆习俗，又描绘了饮食风俗以及艺术民俗等。尤其是白先勇出国后，受到西方文化的巨大冲击，深感文化认同的危机，使他对中国传统文化有了更深的了解和认同。因此，他更加自觉地、迫切地去发掘和描写延绵了几千年的中国人特有的生活方式。在作品中，白先勇就是通过对这种模式化的生活方式的书写来透视出民族文化心理的积淀。

值得一提的是，在《玉卿嫂》和《花桥荣记》两篇以桂林为背景的小说中，都提到了富有地方特色的美食——桂林米粉。桂林米粉早已随着桂林山水而名扬

---

① 果戈理：《关于普希金的几句话》，载《文学的战斗性》，新文艺出版社，1955。

天下，成为广西的文化符号。桂林米粉不仅美味可口，而且历史悠久，具有丰富深厚的文化内涵。相传秦始皇统一中国时，派 50 万大军南征，在桂林兴安修建一条沟通湘水和漓水的运河——灵渠。大批北方将士南下修筑灵渠，前后达数年之久。北方的将士们自小吃面食长大，吃不惯南方的米饭，出现了严重的水土不服现象。后来军中有一个伙夫想到一个办法，就是将大米磨成米浆，加工成像北方面条一样的食品，这就是后来的米粉。可以说，桂林米粉是南北饮食文化相互融合的结果。桂林米粉制作精细讲究，一碗小小的米粉里要加入各式各样的香料、配菜，再浇上中药熬制而成的卤水，色香味俱全，爽滑可口，令人回味无穷。桂林米粉突出了一个"和"字，这不仅仅是米粉与配料、佐料之间的一种和谐，更是食物与人类健康之间的适应与和谐，米粉的主题就是"米粉拌匀谓之和"①。桂林米粉流传千年，说到底，就贵在"和"，体现了"和"文化的精髓。自古以来，在桂北地区就流传以米粉传情达意的习俗。白先勇在小说中对桂林米粉进行了精彩绝伦的抒写，桂林米粉不仅是一种具有代表性的地方风味美食，而且它作为人与人之间友好往来、增进感情的重要媒介，发挥着重要的独特作用。在《玉卿嫂》中，容哥儿从小就特别喜欢吃米粉，一口气能吃五六碟，吃完美味可口的马肉米粉，抹抹嘴，受用得很。容哥儿对新认识的朋友庆生颇有好感，为进一步深入的交往，增进彼此间的感情，他请庆生到戏院看桂戏，看完戏之后又请庆生到高升戏院对面的哈盛强去吃马肉米粉，边吃边聊，每人吃了五碟米粉，其情洽洽，其乐融融。在《花桥荣记》中，老板娘每个礼拜总要亲自下厨为桂林老乡卢先生做一碗冒热的米粉：卤牛肝、百叶肚，香菜麻油一浇，撒一把油炸花生米，热腾腾地端出来。一碗饱含家乡味道的桂林米粉，给沦落天涯的异乡人带来几多温暖，多少个中甘苦、深情厚谊都融在这碗米粉里了。

　　桂林米粉历史悠久，是南北文化相互融合的结晶，同时融入了多种民族元素和地域元素，具有丰富深厚的文化内涵。白先勇小说通过对这种地方饮食民俗文化的精彩描写和叙事，昭显了中国传统的"和为贵"文化精神，真实生动地表现了桂林人爱国爱乡、古道热肠、真诚质朴、与人为善的精神品质，体现了人性的真、善、美。

---

　　① 姚古：《桂林米粉"和"为贵》，http://www.gllqly.com.cn，2007 年 4 月 26 日。

## 四、以地方文化透视中国传统文化命运

在当今全球化步步紧逼的背景下，我们的传统文化面临着前所未有的来自西方现代文化的强烈冲击和挑战。民族性与世界性成为一个重要的课题。人们迫切需要重新认识民族力量，重新挖掘民族文化的生命内核，以寻求建设民族文学走向世界的支撑点。时代向作家发出了召唤，而作家也感应了时代的要求。白先勇认为，"我们需要新'五四'运动"，"我们要重新发现、重新亲近我们的文化传统"。虽然"重新发现自己的文化源头，然后把它衔接上世界性的文化"这个题目很难，但是必须要做①。重新发现自己的文化源头，其实也就是要重新发现我们的"根"。正如韩少功所说："文学有根，根不深，则叶不繁。"而"根"就暗藏和深埋在民族文化和地域文化的深厚土壤中，因为民族性包含于地方性之中。地域文化的自然景观（山川风物、四时美景）与人文景观（民风民俗、方言土语、传统掌故）是民族性的一个重要标志，是文学作品富有文化氛围，超越时代局限的一个重要因素。究其原因很简单，相对于变幻的时代风云，地域文化显然具有更长久的（有时甚至是永恒的）意义——它是民族性的证明，是文明史的见证，它能够经受住时间的磨洗，战乱的浩劫，昭示着文化的永恒生命力。因此，作家需要重新回归本土，发掘与自己血脉相连的文化传统，以摆脱西方现代性话语对自身的桎梏。

可以说，白先勇是带着强烈的文化使命感以及文化自觉进行创作的。在早期的小说创作中，白先勇以独特的方式表达了他对命运、人性和文化心理的关注和思索。而在后期创作的《台北人》中则进一步深刻地体现了他一以贯之的对于历史兴亡、文化盛衰的洞悉和思考。白先勇是一位现实主义作家。他曾经生活在大陆、台湾等几个不同的时代和社会环境中，这给他的思想和创作带来深刻的影响。从祖国大陆到客居台北再到漂泊海外，白先勇目睹了台湾国民党旧官僚的没落、客居台北的下层人民的疾苦、旅美中国人的困惑，以及传统文化在强势的西方文化面前的虚弱与尴尬，由盛而衰的悲凉、思乡念国的惆怅、文化认同的迷茫交织在心头，于是他把这种复杂而又强烈的感情融入自己的创作中，在小说中渗

---

① 白先勇：《第六只手指》，花城出版社，2000，第435—436页。

透了中华民族传统文化的兴衰、沧桑、失落。

如在《游园惊梦》这篇小说中，作者将传统文化的兴盛与个人命运的沉浮交织在一起，借钱夫人个人命运的沧桑史来暗示极具代表性的地方文化精髓——昆曲的命运，为中国传统文化的命运谱写了一曲挽歌。小说的主人公钱夫人（蓝田玉）从前是在南京得月台唱清唱的，最擅长唱昆曲，后来嫁给六十开外的钱将军做填房夫人，享尽了世间荣华富贵。却只因"长错了一根骨头"，到台北没几年，钱将军去世，她的身份地位也随之发生巨大变化。作者对于钱夫人命运遭际的书写以及细微的心理刻画，是通过一个具体真实的生活场景体现出来的。因为人性的深邃和幽暗处往往隐藏在日常生活的真实细节中，只能在作家充满生活质感和生命气息的细节场景中才能得到充分体现。《游园惊梦》设置的这个生活场景即是钱夫人应邀来台北参加窦夫人（桂枝香）举办的家庭宴会。窦夫人的宴会富丽堂皇、派头十足，衣着明艳的客人在宴席上享受着各种山珍美味、喝着花雕酒，优哉乐哉。眼前这个繁花似锦、如梦如幻的宴会深深地触动到了钱夫人心底的那根弦，勾起了她对往事的深切回忆，重温旧梦，不胜今昔之感。现今的钱夫人青春已逝，富贵繁华殆尽。小说通过她过时的穿着打扮，入座时感到心跳等描写暗示了她与宴会氛围的格格不入。难怪钱夫人会无限感慨地叹道："变多喽。"曾经高贵华美的"蓝田玉"如今已变得黯淡无光，不合时宜，取而代之的是赶上时代大潮的"桂枝香"。小说最后，钱夫人这位曾在南京得月台唱昆曲的名角儿，嗓子突然"哑"了，唱不了了，与她一起"哑"掉的还有昆曲。钱夫人的命运轨迹暗合了昆曲的命运。昆曲是发源于14、15世纪苏州昆山一带的曲唱艺术体系。昆曲是我国最古老的戏种之一，是中国传统文化艺术的珍品。曾经盛极一时、璀璨辉煌的昆曲，却由于曲高和寡，渐渐地淡出历史舞台，被其他通俗流行艺术取而代之。

我们有着五千年光辉灿烂的传统文化，然而，在现代工业文明的冲击下，特别是在经济全球化浪潮的席卷下，传统文化日渐衰微，这不得不令人反思。重新发现传统文化的源头，思考传统文化的前途和命运，其出发点和最终目的都在于保护和弘扬优秀民族文化，重铸民族魂。深受传统文化的熏陶和影响，白先勇具有深厚的历史感和忧患意识，这让他产生了重振民族文化艺术雄风的念想。白先勇小时候在上海观看了梅兰芳表演的昆曲《牡丹亭》，给他留下了永世难忘的印象，从此一发而不可收地爱上了这种精妙绝伦的传统艺术。出于对中国五千年传统文化的热爱，白先勇凭借一腔的热情，以强烈的文化使命感，努力重振昆曲的辉煌。他联合海峡两岸暨香港的艺术家倾力打造青春版《牡丹亭》。之所以取名为"青春版"，寓以中华民族传统文化在新时期薪火相传的意味。青春版《牡丹亭》在海峡两岸暨香港上演了 200 场，获得巨大成功。白先勇身体力行，以自己的实际行动为中国传统文化的传承和发展做出了巨大贡献。

# 文化视野

# 论民族文化强区的特质性和创新性

　　当今，文化越来越成为民族凝聚力和创造力的重要源泉、越来越成为综合国力竞争的重要因素、越来越成为经济社会发展的重要支撑，丰富精神文化生活越来越成为我国人民的热切愿望[①]。在全球化步伐日益加快的国际背景下，党的十七届六中全会提出了建设文化强国的宏伟目标。为深入贯彻落实党的十七届六中全会和广西壮族自治区第十次党代会精神，推动广西文化大发展大繁荣，《中共广西壮族自治区委员会关于贯彻党的十七届六中全会精神深化文化体制改革推动文化大发展大繁荣建设民族文化强区的若干意见》（以下简称《意见》）提出："把广西建设成为具有时代特征、壮乡风格、和谐兼容的民族文化强区，成为在全国有较大影响力的区域文化中心、中国与东盟文化交流枢纽以及中国文化走向东盟的主力省区。"[②] 为广西文化建设描绘了宏伟蓝图。"十一五"时期以来，广西经济社会建设取得了令人瞩目的成绩，经济持续快速增长，文化事业蒸蒸日上，文化产业健康发展，文化软实力大幅提升，文化影响力进一步扩大，为建设民族文化强区打下了坚实的基础。民族文化强区战略构想立足于广西民族文化资源优势，借助中国—东盟自由贸易区发展平台和国家发展北部湾经济区的契机，目标是大力推动民族文化走向东盟、走向世界，大幅提升广西文化软实力和影

---

　　① 《中共广西壮族自治区委员会关于贯彻党的十七届六中全会精神深化文化体制改革推动文化大发展大繁荣建设民族文化强区的若干意见》，2012 年 6 月 23 日。
　　② 《中共广西壮族自治区委员会关于贯彻党的十七届六中全会精神深化文化体制改革推动文化大发展大繁荣建设民族文化强区的若干意见》，2012 年 6 月 23 日。

响力。

## 一、民族文化强区的特质性

### （一）民族性

民族性是民族文化强区的本质特征。广西地处祖国南疆，是全国少数民族人口最多的省区，有壮、汉、瑶、苗、侗、仫佬、毛南、回、京、彝、水、仡佬12个世居民族，全区5100多万人口中少数民族人口占37.2%，其中壮族人口占总人口的31.4%。在长期的历史发展过程中，广西各族人民用智慧和汗水创造了富有特色、丰富多彩、灿烂辉煌的民族文化。源远流长的山歌文化，历史悠久的铜鼓文化，别具特色的节庆文化，古老神秘的民间信仰文化，传奇美丽的民间故事，风格独特的建筑文化，无不彰显着广西民族文化的丰富内涵和独特魅力。广西被喻为"歌海"，人人爱唱山歌，山歌文化源远流长、博大精深。美丽智慧、能歌善唱的壮族歌仙刘三姐已成为广西文化的形象化身，昭显着民族文化的独特风采和魅力。在壮族歌圩文化的基础上发展而来的南宁国际民歌艺术节，让首府南宁成为天下民歌眷恋的地方。南宁国际民歌艺术节以其浓郁的民族性、强劲的现代性、高雅的艺术性备受世人瞩目，影响力越来越大。经过十多年的倾力打造，南宁国际民歌艺术节与北京国际音乐节、上海国际艺术节一样，成为我国三大艺术节之一，蜚声国内外。历史悠久、丰富多彩、特色鲜明的民族文化，让广西越发流光溢彩，魅力四射。文化是一个民族的灵魂，是民族的根。广西第十次党代会提出，广西要建设的民族文化强区是具有"壮乡风格"的文化强区，因此必将在"民族性"上大做文章，下足功夫。建设民族文化强区要大力弘扬优秀民族文化传统，充分发掘和利用民族文化资源的特色和优势，打造民族文化品牌，推动广西文化大发展大繁荣。

### （二）多样性

多样性是民族文化强区的形态特征。党的十七大提出，"要建设和谐文化，培育文明风尚"，这是新时期我国社会主义文化建设的发展方向。广西第十次党代会提出，"要把广西建设成为和谐兼容的民族文化强区"，突出"和谐兼容"在民族文化强区建设中的重要意义。构建和谐文化，就是要充分尊重和保护全人类、各民族文化的多样性，兼容并蓄，共生共存，创新发展。广西历史悠久，文化底蕴深厚，早在旧石器时代就有原始先民在这里繁衍生息。千百年来，各族人民在这块红土地上生活生产，他们相互学习交流、取长补短、共荣共生，却又保持着各自的民族个性和地域特色。他们用勤劳的双手创造了丰富多彩、特色鲜明、团结和谐的民族文化。不同民族的风俗习惯、民间故事、民间工艺品、风味饮食和民居建筑等融会成一幅浓墨重彩的民族风情画卷。这里不仅有以粤文化为主要代表的汉族文化，也有以壮族山歌、瑶族铜鼓、侗族风雨桥等为代表的少数民族文化。以壮、瑶、苗、侗为主体的少数民族文化与汉族文化多元共生，形成了文化多元发展的良好局面。这里不仅积淀了源远流长的传统文化，而且融合了魅力四射的都市文化；不仅创造了灿烂辉煌的民族文化，还荟萃了东南亚的异域风情。南宁国际民歌艺术节、中国—东盟博览会、东南亚美食节的成功举办，彰显着现代都市文化的生机活力和东南亚风情的无穷魅力。民族文化与东盟文化，传统文化与现代文化相互碰撞、相映生辉。

（三）开放性

开放性是民族文化强区的气质特征。《意见》提出要"把广西建设成为具有时代特征、壮乡风格、和谐兼容的民族文化强区，成为在全国有较大影响力的区域文化中心、中国与东盟文化交流枢纽以及中国文化走向东盟的主力省区"[1]。加快推动文化"走出去"，提升文化国际影响力是广西建设民族文化强区的奋斗目标。这表明，广西将以一种更加积极自信的心态和开放包容的胸襟参与到国内、国际文化交流合作和竞争中。近年来，广西大力实施文化"走出去"战略，借助中国—东盟博览会这个发展平台，更注重并积极地与东盟文化进行广泛深入的文化交流合作，成功举办了中国—东盟文化产业论坛，建设中国—东盟文化交流培训中心，开展广西海外"欢乐春节"系列活动，打造"广西文化年"对外文化交流品牌，发展对外文化贸易，加强与港澳台文化交流合作，加快广西文化"走出去"步伐。实施文化传播交流工程，加强对外文化交流合作是建设民族文化强区的工作硬任务，体现了广西文化兼容并包、开放进取的胸怀。

---

[1]　《中共广西壮族自治区委员会关于贯彻党的十七届六中全会精神深化文化体制改革推动文化大发展大繁荣建设民族文化强区的若干意见》，2012 年 6 月 23 日。

## 二、民族文化强区的创新性

### （一）实施面向东盟的外向型文化发展战略，树立广西文化新形象

《意见》提出："把广西建设成为在全国有较大影响力的区域文化中心、中国与东盟文化交流枢纽、中国文化走向东盟的主力省区。"[①] 广西毗邻东盟，地缘相连，文化相近，在历史上，广西与东盟国家长期保持着文化交流和商务贸易，随着中国—东盟自贸区的如期建成，广西与东盟的文化交流合作更加频繁和密切，这给广西文化"走出去"带来新的机遇。面对新的机遇和挑战，广西确立了面向东盟的外向型文化发展战略，大力实施文化走出去战略，充分发挥广西在中国—东盟文化交流贸易合作中的前沿作用，共建中国—东盟文化交流合作平台，通过举办"欢乐春节""广西文化年"等活动打造广西对外宣传文化交流品牌，不断提高广西文化在国际上尤其是在东南亚国家的影响力。当下的广西文化今非昔比，战略地位发生了巨大变化，从边缘逐步走向前沿，辐射面将更广，影响力会更大。实施面向东盟的外向型文化发展战略彰显了广西文化博大宽广的胸怀和开放进取的精神，生动展现了广西文化的新形象。

### （二）发挥自身文化资源优势，打造广西文化新品牌

广西文化是由世居少数民族文化与中原文化、海洋文化不断融合而成的，总体上呈现出源远流长、开放兼容、丰富多彩、形式多样、特色鲜明、多元共生的特征。近年来，广西充分发掘和发挥自身特色文化资源优势，打造了一批文化新品牌。如以传统山歌艺术为基础，融入现代艺术元素的南宁国际民歌艺术节现已成为国内有重要影响的著名文化品牌，成为广西文化的亮丽名片；以刘三姐文化为创作元素，桂林山水为背景的大型山水实景演出《印象·刘三姐》开创了中国实景演出的先河，打响了广西文化新品牌，2004 年公演至今，总票房超过 7 亿元。它荣获了全国文化产业示范基地、文化部首届创新奖及中国乡土文化艺术特别贡献奖等多项荣誉，被纳入中国文化产业十大经典案例。近年来，广西大力打造具有时代风貌、壮乡气派的舞台艺术精品，推出《碧海丝路》《八桂大歌》《大儒还乡》《妈勒访天边》《天上恋曲》等一批在全国形成较大影响力的精品力作，

---

① 《中共广西壮族自治区委员会关于贯彻党的十七届六中全会精神深化文化体制改革推动文化大发展大繁荣建设民族文化强区的若干意见》，2012 年 6 月 23 日。

彰显了广西文化的实力和强度。建设民族文化强区要继续抓好文化品牌的打造工作，要充分发掘和利用本土特色文化资源，努力打造一批在国内外有影响力的文化新品牌。

**（三）借助经济强力支撑文化发展，推动广西文化建设新高潮**

经济建设是文化建设的基础和保障，建设民族文化强区离不开经济的强力支撑。近年来，广西经济健康快速发展，令人称赞的"北部湾速度"让世界瞩目。2008年，广西北部湾经济区开放开发上升为国家战略，至2011年，广西北部湾经济区已进驻了中国石油、中国石化、中国铝业、中国电子、中广核电、中粮集团等一批世界500强及国内外知名企业，初步形成以石化、冶金、林浆纸、电子、能源为主的产业布局。目前，广西北部湾经济区已建成钦州保税港区、南宁保税物流中心、凭祥综合保税区和北海出口加工区等海关特殊监管区，成为全国发展最快、活力最强、潜力最大的新增长区域之一①。与此同时，西江黄金水道开发建设带动西江经济带快速发展，建成南宁至贵港1000吨级、贵港至梧州2000吨级高等级航道，沿江中心城市形成汽车、机械、冶金、建材及高新技术等产业布局，承接东部产业转移势头迅猛。桂西优势资源开发力度加大，形成铝、锰、有色金属、水能、制糖、红色旅游、农产品加工等在全国有重要影响的特色优势产业基地②。广西充分发挥区位优势，积极利用中国—东盟自贸区和国家建立北部湾经济区战略定位的有力支持，为推动广西文化建设新高潮，加快实现民族文化强区奋斗目标提供了强力支撑。

## 三、结语

改革开放以来，广西各级党委和政府高度重视文化建设，全区进入了文化大发展大繁荣的新时期。加快民族文化强区建设对于增强民族凝聚力和创造力，提升广西综合实力，丰富人民群众的精神文化生活，加快实现富民强桂新跨越具有重要意义。因此，我们要以高度的文化自觉和文化自信参与到广西文化建设当中，夯实文化建设的基础，打造更具竞争力的文化品牌，加快文化"走出去"的步伐，不断提升广西文化综合实力，加快实现建设民族文化强区的奋斗目标。

---

① 《"十一五"及2011年广西经济社会发展主要成就》，广西日报，2012年11月26日版。
② 《"十一五"及2011年广西经济社会发展主要成就》，广西日报，2012年11月26日版。

# 南宁历史文化资源保护与开发研究

## 一、历史沿革和文化背景

### （一）基本概况

南宁，简称"邕"，广西壮族自治区的首府，是镶嵌在祖国南疆的一颗绿色明珠。辖青秀区、兴宁区、江南区、西乡塘区、良庆区、邕宁区六城区和武鸣县、横县、马山县、宾阳县、隆安县、上林县六个县，以及南宁高新技术开发区、南宁国家经济技术开发区、南宁华侨投资区（中国—东盟经济园区）、南宁青秀山风景名胜旅游区、南宁相思湖新区和南宁六景工业区六个国家级和自治区级开发区，共21个街道办事处、84个镇、15个乡、3个民族乡。全市总面积22626.95平方公里。其中市区（即六城区）面积6476平方公里，城市建城区面积170多平方公里。南宁市是一个以壮族为主的多民族聚居城市，居住着壮、汉、瑶、苗、仫佬、侗、满、毛南、土家、黎、水、京等35个民族。据2007年统计，全市人口683.51万。其中市区（即六城区）259.77万人；少数民族人口占全市总人口的57.85%（其中壮族占总人口的57.14%）。

南宁地处祖国南疆，位于广西的西南部，毗邻粤港澳，背靠大西南，面向东南亚，是连接东南沿海与西南内陆的重要枢纽，也是西部重要的省会城市，同时是国家级经济区——广西北部湾经济区建设的核心城市，拥有沿海城市待遇和税收等多项优惠待遇。从2004年起，中国—东盟博览会永久落户南宁，并每年举办一次，这使南宁成为中国对外开放的前沿城市之一。随着中国—东盟自由贸易区的建成和中国—东盟博览会每年在南宁举办，以及广西北部湾经济区的开放开发，南宁与东盟各国的经济合作和文化交流日益频繁，南宁的重要战略地位将日益凸显。

### （二）历史沿革

南宁是一个具有 1690 年悠久历史的城市，古代属于百越之地。东晋大兴元年（公元 318 年），从郁林郡分出晋兴郡，郡治设在晋兴县城即今南宁市区，这是南宁最早建制的开始。隋统一南北朝后，将晋兴县改为宣化县，唐武德五年（622 年），宣化县隶属南晋州。唐朝贞观六年（公元 632 年），又将南晋州改名为邕州，南宁简称"邕"由此而来。天宝元年（742 年），改邕州为朗宁郡。乾元元年（758 年）复为邕州，并撤朗宁郡建制，由州领县。咸通三年（862 年）岭南道分东西道，以广州为岭南东道，邕州为岭南西道，宣化城（今南宁城）为岭南西道治所，相当于今省级政权建置开始，至唐末结束，持续了 45 年。后晋天福七年（942 年）改邕州为诚州。周广顺元年（951 年）复名为邕州。元朝至元十六年（1279 年）改邕州为邕州路。泰定元年（1324 年），元朝统治者改邕州路为南宁路，取南疆安宁之意，南宁由此得名。宣化县隶属南宁路。明朝洪武元年（1368 年），废南宁路，置南宁府，今南宁为府治所，隶属广西布政使司。清宣统三年九月（1912 年），南宁宣布独立。民国元年（1912）废宣化县，以南宁府长理事，直属广西军政府，后改称广西省政府。同年 10 月，广西省政府由桂林迁至南宁，南宁成为广西省会，是广西政治、军事、经济、文化中心。民国二十五年（1936）10 月，广西省会迁回桂林，南宁市为邕宁县所辖。1949 年 12 月 4 日南宁解放，1950 年 1 月建市，为广西省会。1958 年广西壮族自治区成立，南宁为自治区首府。

在远古时期，就有人类在南宁这片土地上生息繁衍。1997 年考古发现的邕宁顶蛳山贝丘遗址是解放以来广西发现最大、保存状况较好、文化内涵最丰富的新石器时代贝丘遗址。遗址分居住区和墓葬区，在墓葬区清理墓葬 149 座，出土人骨骸 180 多具。居住区则发现有由成排、有规律的柱洞组成的长方形干栏式建筑，这对探讨广西史前人类的居住形式及干栏建筑的起源及发展具有重要的价值。文化遗存可分为 4 期，其中 2、3 期被学术界命名为"顶蛳山文化"，属新石器时代早期遗存；第 4 期已进入新石器时代晚期，年代距今约 5000～6000 年。

从南宁附近的几处贝丘遗址发现，早在 6000 多年前的新石器时代，南宁先民就用自己制造的石斧、石锛、石杵、蚌刀、石矛、石网坠、石磨等从事生产活动。

秦朝以后，汉族人民大批南来，带来比较先进的生产技术，改变了刀耕火种的原始耕作方式。牛耕、灌溉、肥料的施用都得到了推广。历代朝廷在南宁修建了不少水利工程，著名的有宋皇祐元年（1049 年）邕州司户参军组织修建的铜鼓陂工程，灌溉面积 4000 余亩。南宁的手工业发展也很早。武鸣县马头乡发掘的先秦古墓出土的陶纺轮和麻布残片，说明当时的手工纺织已经达到了相当高的水平。

南宁是历代桂西南地区的文化中心，文人墨客经常会聚于此，留下了不少诗词、散文、游记。如唐代段成式的《酉阳杂俎》记载有邕州人李士元所说的少女叶限的故事。李峤的诗《过昆仑关》，宋朝陶弼的诗《登邕州城》《罗秀山》，元朝陈孚的诗《邕州》，明代徐霞客的《徐霞客游记·粤西游日记》、李壁的《剑客集》、萧云举的《青罗集》、董传策的《青秀山记》，清代黄见玑的《介石集》《蛰窠全集》等。南宁的地方戏曲是从清道光、咸丰年间受湖南祁戏的影响，逐渐发展形成了邕剧，曾经盛极一时。随后，粤剧从广东传入，在城乡广为流行。解放前，南宁有大众娱乐场所如新世界戏院等 13 家。民间传统的平话山歌、八音音乐、舞龙狮、跳师公戏等也相当活跃。

## 二、文化类型

### （一）民俗文化

三月三歌圩　农历三月三，是一个颇具浪漫色彩的壮族传统节日。在这个春意盎然、莺歌燕舞的日子里，壮族儿女身着盛装，带上香喷喷的五色糯米饭和彩蛋，兴高采烈地去赶歌圩。在歌圩上，壮族青年男女对唱山歌，以歌选偶、以歌定情，用歌声传达着对美好幸福生活的向往和追求。南宁"歌圩"源远流长，有着丰厚的历史文化底蕴，据考证已有 1200 余年的历史。在"三月三歌圩"的基础上演化发展而来的南宁国际民歌艺术节，如今已成为广西各民族与全国各民族及世界各民族之间的友谊桥梁。人们在民歌节上以歌传情，以歌会友，向世界展示着不同民族的文化和风采。

伏波庙会　伏波庙会是为纪念东汉伏波将军南征交趾定疆界、平乱安民、疏河通航而形成的有祭拜、舞龙狮、对歌、唱师公戏、道巫法事等五大方面的内容的一种民族民间文化活动。千百年来，伏波庙会香火鼎盛，是岭南壮族民间民俗文化的缩影，是壮族民间信仰、宗教文化以及文化生活的反映。

七月十四　"鬼节"是壮族仅次于春节的传统节日。所谓"鬼节"，即是死去的祖先要在农历七月十四这一天回家过节。敬祖孝先是第一要务，因此，这个"鬼节"对于壮家来说，隆重而热烈。

农具节　在隆安县的壮族有一个别具特色的传统节日——农具节。据史料记载，早在五六百年前的明代，隆安农具节就已形成。农具节表达了壮家人对农具的尊重和感恩之情。

抢花炮　在武鸣、宾阳、上林等地的侗、壮、苗等少数民族都会在传统的花炮节举行热热闹闹、别开生面的抢花炮活动。包括游彩架、灯会、舞炮龙等活动，每年农历正月十一举行。这一节庆最早可追溯至宋朝，发展、形成于明朝，成熟于清末民国时期。它的历史悠久，内涵丰富，在民族文化、民间艺术、民俗以及手工技艺等方面都具有非常重要的价值。

瑶族达努节　居住在隆安、宾阳、上林一带的一支自称为"布努"的瑶族，民间有一个传统的隆重节日——达努节。"达努"，瑶语是"不要忘记"的意思。达努节，就是纪念始祖密洛陀，不要忘记她的哺育之恩。这个节日从农历五月二十六日开始，一直闹到二十九日结束，是布努瑶的年节。布努节是一个喜庆的节日，打铜鼓、跳铜鼓舞是其主要内容。

**（二）粤文化**

近代以来，广东的经济发展处于全国领先水平，广东凭借其强大的经济实力对与之毗邻的广西产生了经济和文化的辐射。广西不仅在经济上形成"无东不成市"的格局，而且在文化上也深受其影响。而南宁，是粤文化濡染较重、色彩较为浓厚的地区，主要表现在以下几个方面。

1. 语言

南宁本地人多讲粤语，俗称"白话"。南宁的白话，是广东商人入西经商传进来的。清朝以后，南宁已成为繁荣的商务之地。各地商人，以本省同乡结为团体，集资兴建会馆，长期驻扎经营。其中广东商帮最为强盛。据《邕宁县志》描述："独执商场牛耳者，厥为广帮。"自然而然，广州白话在南宁流行日广，并渐渐超越壮语、平话成为南宁市坊间主要的语种。

2. 粤剧

近代以来，广东文化以前所未有的速度向南宁社会生活的各个领域扩散。其中最为显著的表现就是粤剧的盛行。19世纪70年代，粤剧开始传入南宁，20世纪30年代为南宁粤剧发展的全盛期。当时，南宁号称"广西粤剧三大地盘（南宁、梧州、玉林）之首"，不仅观众多、演出的团体多、上演粤剧的戏院多，而且到邕演出的名演员也很多。据时人回忆，"南宁的粤剧观众最多，有好几个粤剧戏班同时在各戏院演出，从未间断"，"光绪后期，就有不少一流粤剧演员在南宁献演。如红线女、马师曾、新马师曾、醒魂钟等"。20世纪30年代末到40年代初，南宁出现了专门演出粤剧的逸鸿剧社、陶毅社、圣鲁音乐研究社等曲艺团体，并且还逐步发展成曲艺茶座。南宁乐群社、金山饭店、万国酒家等先后举办曲艺茶座。

3. 骑楼

骑楼是起源于广州的、具有浓郁岭南风格的建筑，是为适应南方天气潮湿多雨、商业楼宇密集等情况而建造的，楼下做商铺，楼上住人；其跨出街面的骑楼，既扩大了居住面积，又可防雨遮晒，方便顾客自由选购商品。骑楼相接，就连接成了雨淋不着、日晒不到的长长的人行道。南宁地处热带、亚热带交界地区，天气多变，向有"五月天，孩儿脸，说变就变"之说，以骑楼为建筑主体正好满足南方地区避雨防晒的需求。毫无疑问，南宁城区骑楼的出现与粤商在南宁的经营活动有关，正是他们引进了这一建筑风格和建筑模式。但南宁骑楼始见于何时，现已无法考证，只是根据老人的回忆，在20世纪三四十年代，骑楼已经在南宁出现。时至今日，当年的民生路、兴宁路等南宁市区商业中心街道上的骑楼仍保存完整，继续见证着往日的辉煌。

4. 生活习俗

许多具有浓厚广东特色的饮食习惯也进入南宁寻常百姓家，如瓦煲饭、老友面、凉茶等。瓦煲饭，是南宁、梧州等地的汉族厨师从广东引进的小食，选用优质油黏米，严格按比例将米与水放进有名的合浦沙煲中，在火上烧一定的时间，再将已炒好的菜肴铺在饭上，让其自行焖熟。老友面，也是由广东移民带入，现已成为南宁有名特色小吃。凉茶，源于广东，以王老吉最为有名，颇受南宁人喜爱。喜食酸嘢，也是南宁市百姓的生活习惯之一，这大约与壮、苗等少数民族习俗有关。

### （三）历史文化

#### 1. 历史遗迹

顶蛳山文化遗址 该遗址位于南宁市邕宁区蒲庙镇新新村九碗坡屯东的顶蛳山上，距今 6000 年左右，为新中国成立以来广西发现最大、文化内涵最丰富的新石器时代贝丘遗址。1997 年，顶蛳山遗址被评为当年中国十大考古新发现之一，1998 年成为广西历史上首次以地名作为文化命名的考古发现，2001 年被列为全国重点文物保护单位。顶蛳山遗址共发现 149 座墓葬，包括 181 个个体的人类遗骸，出土大量陶、石、骨、蚌质地的生活用具和生产工具以及水陆动物遗骸。顶蛳山遗址对研究广西北部湾经济区的史前文化，研究广西北部湾经济区文化与东南亚文化的关系，研究广西北部湾经济区自然环境的变迁及其与人类的关系等，有着重要的意义。在南宁，顶蛳山文化以及与其相同或近似的贝丘遗址，共有 22 处，如市郊那洪镇大石村遗址、豹子头遗址、武鸣马头遗址等。

大石铲文化遗址 大石铲文化为新石器晚期的原始文化。这类遗址主要位于靠近江河湖泊的低矮坡岸上，其分布范围很广，在南宁、邕宁、武鸣等 36 个市县已发现 116 处，其中以南宁市西北郊的坛洛、那龙乡和右江下游的隆安等地发现的遗存最多，分布最为密集，出土石铲的数量也最多，类型最全。其中隆安大龙潭遗址最为典型。"大石铲"形似现代使用的铁锹，制作规整、美观精致，大多通体磨光，制作工艺已达到较高水平，是学术界公认的广西地区古稻作文化的标志性文物，也是广西最具地方特色的原始文化，在全国史前文化研究中占有一定的地位，成为 20 世纪广西文物考古最重要的发现之一。

昆仑关 昆仑关位于南宁市东北方 59 公里处，昆仑山东侧。它是邕柳（南宁—柳州）、邕梧（南宁—梧州）公路必经的隘口。昆仑山巍峨峻险，谷深坡陡，地势险要，是南宁东北面的自然屏障，有"南方天险"之称，历来为兵家必争之地。据史籍记载，昆仑关历史上曾发生过 9 次战役。其中最为著名的是宋代的狄青夜袭昆仑关和抗战期间的昆仑关大捷。昆仑关已被列为全国重点文物保护单位。

　　新会书院　　新会书院位于南宁市解放路 42 号，坐北朝南，为广东新会县人士集资兴建，始建于清乾隆初年，重修于道光二十三年（1843），现址长 55 米，宽 20 米，原有三殿两廊一阁，现存三殿两廊，为南宁市保存最完好的古代建筑，被列为自治区级文物保护单位。

　　镇宁炮台　　镇宁炮台位于南宁市人民公园内，为两广巡阅使陆荣延于民国六年（1917 年）9 月兴筑，1983 年被南宁市政府定为市级保护文物。炮台为城堡式建筑，由石灰岩、砂岩砌成，直径 39 米，周长 120 余米，占地面积 860 多平方米。设南、北两门。城堡中间为炮台，高 4.9 米，直径 13.4 米，周长 42 米；炮位直径 5.6 米，周长 17.5 米。这门大炮是 19 世纪德国克鲁伯工厂制造的，为 122 毫米线膛炮，借助铁轨转运，射向为东南西三面。中华人民共和国成立后，望仙坡辟为公园，炮台经过修整，成为人们游览及俯瞰南宁市区的最佳场所。

　　岭南第一唐碑　　上林县的《六合坚固大宅颂碑》和《智城碑》，以其年代久远被称为"岭南第一唐碑"和"岭南第二唐碑"。在马山县发现有宋元明清时期的石刻，主要有白马山石刻、五堆隘石刻、那崩山石刻、卧云山石刻。

　　2. 历史名人

　　伏波将军　　南宁，一个远离中原的边陲古城，早在两千多年前，中原文化与骆越文化在这里交映生辉，相得益彰。历代名人在这片遥远而神奇的红土地上留下了他们的足迹。历史上记载的第一个驻足南宁的名人是东汉时期的伏波将军马援。公元 40 年，交趾人起兵，岭南告急。这位"马革裹尸"的将军，奉命率兵南下，平息动乱。伏波将军凯旋回朝，沿途修建郡县，治理城郭，疏通河道，兴修水利，促进了岭南农业文明的发展。

　　秦观　　一代风流才子，宋代著名的诗人秦观被贬谪横州，在横县海棠桥留下了"瘴雨过，海棠开，春色又添多少"的佳句。诗人虽然官场失意，但依然心系百姓，在浮槎馆办义学，免费收徒，传道授业，把中原文明的火种播撒在广西这片土地上。

　　王阳明　　明代著名哲学家王守仁，世称"阳明先生"，在南宁为官期间，开办敷文书院讲学，在邕州传播哲学思想。王守仁讲述"致良知"学说，对抗宋代官方推崇的程朱理学，否认心外有理、有事、有物，要求用反求内心的修养方法，达到"万物一体"，把"知行合一"的观点发挥得淋漓尽致。王守仁的著作有 38 卷《王文成公全书》，其中最重要的哲学卷《大学问》写作于南宁。《大学问》在明代中期以后影响很大，盖过了程朱理学，还流行于日本。在南宁人民公园的镇宁炮台有一块刻着"人如摧皇城兵求瞻三公亭惜百夫持千秋万春怀忠额——王文成"的石碑；在南宁共和路某单位墙上，嵌有一块"王文成公讲学处"的碑刻，记载了这位明代理学大师在南宁的踪迹。

萧云举　"万般皆下品，唯有读书高"。在明代读书之风盛行，南宁出了一个进士——萧云举。可以说，萧云举是岭南邕州文化教育进步的最佳例证。萧云举，南宁淡村人，31 岁中进士，官至礼部尚书。萧云举在青秀山修建了龙象塔，告老还乡后，还在邕江南岸修了一座宏仁庙。宏仁庙为当时的邕州八景之一。

陆荣廷　民国时旧桂系首领，武鸣人。游勇出身，1849 年受清朝招抚，编为分健字前营。因镇压会党卖力，历任管带、都带、分统、统领。1907 年报称驱除革命军，克复镇南关，升左江镇总兵。1911 年授广西提督。辛亥革命爆发，陆荣廷迫于形势，统一"附和共和"，于 11 月 9 日召开大会，宣布南宁独立，成立以他为首的南宁军政府。广西逐渐形成以他为首的旧桂系集团，将省会由桂林迁南宁。"二次革命"支持袁世凯，镇压柳州起义，被授予宁武将军，耀武上将军衔。后与袁世凯矛盾激化，密谋讨袁。宣布广西独立，参加组织两广护国军务院，任抚军，迫使袁世凯取消帝制。任广东都督、两广巡阅使，占据两广，拥兵 5 万，成为两广最大的军阀。1920 年 11 月底，孙中山重组政府。次年 6 月下旬，粤桂战争爆发，旧桂系各部相继溃败。陆荣廷与谭浩明退据龙州，通电下野，寓居上海。1928 年 11 月卒于苏州。

### （四）艺术文化

1. 邕剧

南宁的地方戏曲是从清道光、咸丰年间受湖南祁戏的影响，逐渐发展形成了邕剧。邕剧，作为广西四大剧种之一，当年的光景可谓喧嚣热烈、红极一时。据资料记载，1862 年，在邕剧表演中，先后出现了全新凤、乐尧天、合新凤、寿新凤四大名班，各大班各领风骚，各执牛耳。到了 1931 年，又现了月华园、雌雄赛影、丁财贵三大名班，将邕剧推向鼎盛。邕剧表演的语言，主要是"戏棚官话"，即邕州官话、桂西南官话或土官话；唱腔属皮黄系统，兼有吹腔、昆腔和地方小调；邕剧特别注重说白和武功，以南派武功见长。其场面庞大，气势粗犷、豪迈。行当中有生、旦、净、丑四大类，以小武、武生、散发、花脸四行当家。

2. 师公戏

师公戏，是一个古老传统的民间戏种。师公戏源于傩戏，原为驱鬼除疫的一种宗教仪式。其既具有解释宗教的功能，同时又兼具观赏功能，故而逐渐发展形成一种小戏种，流行于乡野民间。师公戏的出现是较早的。清同治十年（1871年）就开始用一些民间故事来作为表演内容，后来受到丝弦戏和邕剧的影响，就采用一些大戏剧目来演出，师公戏因此声名鹊起。清光绪二十五年（1899年）第一个师公戏班"双凤彩"成立了，并在城市登台亮相。师公戏表演的语言是以平话为主，传统剧目有 300 多出，多为无台本的提纲戏。20 世纪 60 年代初期，南宁成立了师公戏研究会，对传统剧目进行了整理。如《送鸡米》《碰石关》《永乐观灯》等。其唱腔以 36 首平话山歌为主，不托管弦。此后还吸收了邕剧和粤剧的小调，引进邕剧和粤剧的锣鼓和乐器。其行当分生、旦、丑三大类。以丑戏为主，善于表演谐趣的、表现农村生活的小戏，因此受到广大民众喜爱，长盛不衰。

3. 壮族八音

壮族八音的乐队由大唢呐、小唢呐、无孔笛、二弦、素琴、鼓、锣、钹和壮族岳鼓等组成，俗称"八音"，为壮、汉乐器的结合，演奏分文场与武场。武场"八音"只用唢呐，配以锣、鼓、钹等打击乐器，气氛热烈欢腾；文场"八音"主要由丝竹乐器和轻型打击乐器演奏，配以人声清唱，风味轻盈飘逸，优美动人。所奏曲目都源自壮族民间戏曲和民歌音调，共有乐曲 1000 多首，为南宁壮族最具地方特色的民间音乐及演奏方式。

4. 壮族三声部民歌

壮族三声部民歌发源于马山县东部大石山区的加方乡壮族地区，是广西壮族珍贵的民间文化遗产，是千百年来壮族人民劳动生产情感和智慧的结晶。据学者推断，壮族三声部民歌最早出现在唐宋时期，盛行于明清时期，至今在马山、上林两县仍在传唱。壮族三声部民歌常唱的有蛮欢、卜列欢、加方欢、结欢等调。其结构为三个声部，第一声部和第二声部具有独立音调，第三声部陪衬和声，三个声部都能突出和丰富主旋律，声部间互相协调，音调柔和，风格统一。歌词一般是五字四句和五三五言六句式，有严格的腰脚韵。马山壮族三声部民歌，填补了东方少数民族没有多声部民歌的空白。其三个声部的独立性及完美结合，在国内外的名歌中都是比较罕见的。壮族三声部民歌已被列入国家非物质文化遗产名录。

5. 南宁国际民歌艺术节

在继承和发扬邕剧和师公戏等传统艺术形式的同时，南宁在与国内外经济文化的交流和融合中发展了丰富多彩的现代艺术。南宁国际民歌艺术节就是一个传统与现代完美结合的成功典范。南宁国际民歌艺术节作为国内唯一的国际性民歌节，经过 10 年的倾力打造，已经和北京国际音乐节、上海国际艺术节一样，成为国内著名的三大国际性艺术节之一，享誉海内外。从 2004 年开始，每年的 10 月或 11 月，中国—东盟博览会在南宁举办。南宁国际民歌艺术节开幕式晚会《大地飞歌》，作为中国—东盟博览会的开幕式晚会，从而升格为国家级重要文化活动。广西素有"歌海"的美称，南宁国际民歌艺术节使南宁成为"天下民歌眷恋的地方"。南宁国际民歌艺术节不仅是一个展示民族文化的盛会，而且也是积极探索和推动少数民族文化走向现代化的一种强有力的动因和机制。在寻找民歌和流行歌曲的切合点，传统民俗与现代生活的交汇点方面，民歌艺术节作出了大胆的探索与尝试。它通过一系列手段和机制，成功地凸显民族文化的现代美；通过民歌新唱形式，激活了民族文化传统中积极强健的因素。南宁国际民歌艺术节以《大地飞歌》的震撼力和轰动效应，大大提升了南宁的知名度和美誉度。

6. 当代艺术精品

南宁不仅要成为艺术精英荟萃之地，而且还要成为艺术精品孕育之乡。由南宁艺术剧院历时两年多的积极探索和艰苦努力，八易其稿创作生产的大型壮族舞剧《妈勒访天边》终于获得巨大成功，成为南宁人献给新时代的民族艺术奇葩。该剧取材于一个古老动人的壮族民间传说：很久很久以前，阴暗和寒冷封锁了壮人的家乡。为了追寻光明，一位年轻美丽的孕妇挺身而出，带着对光明和温暖的渴望，肩负父老乡亲的重托，到天边去寻访太阳。她的心中有一个无比坚定的信念，即使自己走不到天边，也要孩子继续走下去……自 1999 年公演以来，这部舞剧宛如一首优美的叙事抒情诗，以其丰富的文化内涵和独特的艺术魅力，强烈地吸引了众人的目光,人们不禁为之倾倒,并给予了很高的评价,被誉为当代中国最具影响力的舞台艺术精品之一。该剧相继获得全国舞剧"荷花金奖"、"第六届中国艺术节优秀剧目奖"、"中国戏剧节优秀剧目奖"、中宣部"五个一工程奖"、文化部"文华奖"等国家级大奖。2005年,《妈勒访天边》获得2004～2005年度国家舞台艺术精品工程"十佳剧目"的殊荣。

除了创作出《妈勒访天边》这样高水准的艺术精品,一批思想性和艺术性都达到相当水平的作品不断推陈出新,喜获大奖:如粤剧《月到中秋》获曹禺戏剧奖之剧目奖、歌曲《乡村社戏》获"五个一工程奖"、电视剧《走过秋冬春夏》获中国电视金鹰奖、音乐电视《爱我中华》获第十八届中国电视金鹰奖和中国电视星光奖,以及分获全国少数民族孔雀奖舞蹈比赛第一名和第二名的独舞《姑娘不穿鞋》《网娘》,等等。

## 三、文化特征

### (一)多样性

南宁有着悠久的历史和深厚的文化底蕴。早在旧石器时代就有原始先民在这里繁衍生息,有着以"顶狮山文化"及大石铲文化为代表的新石器时代古老文化。千百年来,各民族在这里相互交流、融合、共生,创造和积淀了丰富多彩、独具特色的民族文化。不同民族的风俗习惯、民间故事、民族工艺品、民族食品和民居等融会成一幅浓墨重彩的民族风情画卷。不仅有以粤文化为主要代表的汉族文化,也有以壮族三声部民歌、瑶族铜鼓等为代表的少数民族文化。以壮、瑶、苗为主体的少数民族文化与汉族文化多元共生。南宁国际民歌艺术节和中国—东盟博览会的成功举办,彰显着现代都市文化的无穷魅力。这里不仅积淀了源远流长的壮族传统文化,而且还融合了中原文化、岭南文化,在当代汇聚为魅力四射的都市文化。民族文化与都市文化、传统文化与现代文化相互碰撞、相映生辉,构成了南宁文化的多样性特征。

### (二)开放性

南宁是一座具有开放胸襟的城市,形成了本土传统文化、中原儒家文化、近代岭南文化和现代都市文化相互融合、相互依托的文化特质。近年来,南宁借助中国—东盟博览会这个发展平台,更注重与外来文化进行广泛深入的交流合作,在原有的基础上融入了浓郁的东南亚文化元素。比如在每年一届的南宁国际民歌艺术节上，不同国家和地区的艺术文化家们带来的不同类型的民歌艺术及民歌文化在这个大舞台上相互交流、相互借鉴，最终实现兼容并蓄、共同发展。

### （三）民族性

南宁文化的特征和优势也体现在民族文化方面，具有民族性特征。南宁市是壮族人口的主要居住地，所辖的武鸣、邕宁、横县等区（县）大部分人口为壮族人。壮族以在水田中耕种水稻为生，由此形成了"那"文化，又称稻作文化。"那"（或"纳"），在民族的语言中是"水田"的意思。通过对"那"文化的发掘和扩大对外交流，产生辐射效应，发挥其文化生产力，可以发挥南宁文化在北部湾经济区文化建设中的主要作用。围绕着"那"文化的文化产业资源开发形式可以是以下一些：文化遗产的保护与开发、节庆经济、民族旅游、民族艺术对外交流等。先从民族文化做起，带动其他文化，如历史文化、旅游文化、体育文化、演艺与美术文化，等等。

## 四、强化南宁市城市文化建设的对策建议

文化是城市之根，城市之魂。强化南宁市城市文化建设，要深入挖掘文化内涵，整合文化资源，改革文化体制，发展文化产业，以南宁申报全国历史文化名城为契机，全力推进南宁市城市文化建设，打造富有民族内涵、岭南特色和绿色生态的"文化南宁"。

### （一）挖掘民族文化内涵，凸显壮乡特色

民族文化是一个民族得以薪火相传、生生不息的动力源泉。一个城市尤其是西部欠发达地区的城市更需要深入发掘和充分利用本土民族文化资源，借助文化力，加快自身的发展。南宁是一座以壮族为主体的城市，壮族文化资源丰富多彩。有《百鸟衣》《侯野射太阳》等壮族民间故事；壮族三声部民歌、壮族八音、壮族嘹啰山歌、壮族会鼓等民间音乐；春牛舞、扁担舞、壮族师公舞等民间舞蹈；壮族师公戏；壮族香火球、赛龙舟、抛绣球等杂技与竞技表演；还有壮族歌圩、抢花炮等民俗活动。应该充分挖掘、整合、优化民族文化资源，凸显壮乡特色和魅力，尤其是要全力打造好"南宁国际民歌艺术节"这个文化品牌。广西被誉为"歌海"，壮族山歌传唱了千年，积淀了丰富深厚的民族文化内涵。南宁国

际民歌艺术节继承并发扬了壮族的歌唱传统。它以民歌新唱的形式，激活了传统的积极因素，注入了时尚的鲜活色彩，打响了当代广西的文化品牌。南宁国际民歌艺术节已成为集文化、经贸、旅游为一体的文化盛典，也是中国最具影响力的文化节庆品牌之一。借助民歌节的影响力，南宁大大提升了城市知名度和魅力。

### （二）结合历史文化资源，推动旅游业发展

南宁旅游资源丰富，亚热带自然风光秀丽迷人。主要旅游景区和景点有：青秀山、伊岭岩、大明山、昆仑关、扬美古镇、凤凰湖、金沙湖、良凤江国家森林公园、人民公园、南湖公园、动物园、金花茶公园、广西药用植物园等。目前全市拥有国家 4A 级旅游景区 1 处，3A 级旅游景区 2 处；国家级自然保护区 1 处，自治区级自然保护区 12 处，县（市）级保护单位 48 处；革命遗址及革命纪念建筑、古建筑 11 处；市区内有公园 13 座。

改革开放 30 多年来，南宁旅游业取得了突飞迅猛的发展。1998 年南宁市被评为中国首批"优秀旅游城市"。旅游业已经成为南宁市国民经济新的增长点。尤其是随着南宁国际民歌艺术节和中国—东盟博览会的成功举办，南宁知名度大大提高，吸引力大大增强，南宁旅游业借此千载难逢的机会获得了迅猛发展，成为广西旅游的集散中心。

南宁旅游资源丰富，发展潜力巨大，但与国内其他旅游强市相比仍有差距。因此，一要加强与周边城市的旅游合作，通过区域合作实现资源和信息共享，促进旅游业的大发展。目前，南宁市已经建立了"南宁旅游联盟经销"，联合北海、钦州、防城港、玉林、崇左成立泛北部湾经济区"4＋2"旅游联盟联合体，建立联盟合作体定期会议制度，联合整合旅游精品线路，实现资源共享，市场互动，并构建"区域联动、资源共享、优势互补"的联合旅游促销体系，共同拓展国际国内两个市场。二要深入挖掘南宁历史文化内涵，丰富历史文化旅游。合理设计旅游精品线路，如红色旅游线路、历史文化体验游、访古游等，提高旅游产品的质量和品位。三是以中国—东盟博览会为平台，大力发展会展商务旅游，推进与东盟国家的旅游联盟行动，在旅游活动与文化交流中展示南宁市的文化魅力。

### （三）整合文化资源，大力发展文化产业

根据新时期科学发展、和谐发展、和平发展的要求，南宁市政府把文化纳入政治、经济、文化、生态、建设的总体布局之中，并把大力发展文化产业作为贯

彻落实科学发展观，推动文化大发展、大繁荣，兴起文化建设新高潮的重要战略举措之一。在政府一系列文化产业政策的积极引导下，南宁文化产业从探索起步的初级阶段开始进入不断培育和加速发展的新时期，呈现出蓬勃发展的良好局面。大力发展文化产业，一是要加快文化产业园区建设，要以五象新区建设为发展契机，建设面向整个泛北部湾的文化产业园区，加快推进新闻出版产业、演艺产业、影视产业和动漫游戏产业的发展。二是要利用中国—东盟博览会所提供的巨大市场，整合泛北部湾的文化资源，发掘文化生产力，推动文化产业走出去，开辟国际市场。三要走创意产业、产学研一体化道路。要充分利用南宁市拥有的众多的高校和科研院所的优势资源，激活文化生产力，提升文化企业内质，催生一批新型文化产业项目，促进文化产业的升级。

**（四）提升城市文化建设层次，申报历史文化名城**

南宁有 1690 年的悠久历史，积淀了深厚丰富的文化内涵，有丰富的文化遗存，包括全国重点保护文物单位顶蛳山贝丘遗址、昆仑关战役旧址等大量的物质文化遗产，还有壮族歌圩、壮族三声部民歌等国家非物质文化遗产，许多历史文化名人和近现代名人也在南宁留下印迹。南宁地区的文化具有鲜明的岭南文化、壮族文化和历史文化特色。这些宝贵的历史文化资源让这座城市有了根基，有了底蕴，有了继往开来的大气。要进一步加快城市文化建设工作，深入发掘历史文化的丰富内涵，抓住申报历史文化名城的契机，提升南宁城市文化建设的层次。一要做好文化遗产保护和开发工作。实施文化遗产保护工程，加强对历史文化遗产的挖掘、抢救和保护。实施顶蛳山贝丘遗址保护规划。认真抓好文物普查工作，建立文物信息数据库。建立和完善各级非物质文化遗产保护体系。二要加大城市文化建设力度，加快各级文博馆（站）等基础设施和重点项目的建设。首先要加快南宁艺术博物馆、南宁孔庙迁建工程建设；其次要在保护和修复历史文化遗址的基础上，建设与保护文化新景观，积极推进顶蛳山文化公园、南宁兵变纪念馆、土改专题博物馆等项目建设，建立南宁市民族艺术基地；最后要加大资金投入力度，完善基层文化建设，尤其是基层文化馆、图书馆、文化站等文化设施，并推进村级文化室建设。三要加快历史文化名城的申报。要申报历史文化名城，首先要提高思想认识，重视历史文化名城的建设，切实保护现存文化遗产；其次要认真制定文化遗产保护和城市文化发展规划，及时实施开展，扩展文化容量；最后是做好申报的组织工作、材料准备和形象宣传工作，使申报工作落实到位，确有成效。四是提升公民素质，营造文化氛围。民众素质和社会文化氛围是文化建设的基础。社会各界应统一认识，提高建设文化名城的文化意识，合力掀起文化建设新高潮，广泛开展各类文明健康的群众性文化活动，自觉遵守社会公共道德和社会秩序，提升全民的文化素质和全市的文明层次。

# 巴马发展长寿养生旅游 SWOT 分析

## 一、引言

在桂西北延绵起伏的崇山峻岭间有一块"人间遗落的净土"，它的名字叫巴马。巴马秀丽迷人的盘阳河风光、神奇瑰丽的溶洞景观、古老神秘的长寿文化、丰富多彩的民俗风情吸引着大批国内外游客前来观光、养生、探秘。近年来，巴马旅游业发展迅猛，势不可挡，获得了"广西优秀旅游县""中国王牌旅游目的地""中国王牌旅游景区""中国十佳最美小城""最适宜人居和最佳休闲养生的十个小城"等荣誉称号。据统计，每年来巴马休闲养生度假的"候鸟人"达 10 多万人次，接待国内外游客从 2006 年的 11.6 万人次增加到 2013 的 263.36 万人次，2013 年全社会旅游总收入达 25.3 亿元，创造了广西旅游发展史上的"巴马现象"。

巴马发展长寿养生旅游产业具有得天独厚的优势，潜力巨大，前景良好，然而在旅游业发展过程中也出现不少问题亟待解决。因此，本文基于 SWOT 的视角，对巴马长寿养生旅游业发展的优势、劣势、机遇、挑战等内外因素进行综合分析，为巴马旅游业的健康持续快速发展提供参考。

## 二、巴马发展长寿养生旅游 SWOT 分析

### （一）优势（Strengths）

巴马山清水秀、景色迷人，生态环境良好，具有宝贵稀缺的长寿资源，丰富

多彩的民俗文化，开发长寿养生旅游具有得天独厚的优势。

### 1. 优越的自然环境

巴马位于广西的西北部，位于 23°51′～24°23′N，巴马属于南亚热带季风气候，夏无酷暑，冬无严寒，年平均气温 20.4℃，7 月平均气温 26.0℃，1 月平均气温 11.5℃，年平均降水量为 1578 毫米。巴马属于典型的喀斯特地貌，溶洞广布，地下暗河众多，空气中负氧离子含量丰富，据检测，巴马空气中负氧离子的含量每立方最高达 20000 个以上，比一般内陆城市高出几十倍。巴马光照充足，年平均日照时数为 1557.9 小时。在崇山峻岭间蜿蜒流淌的盘阳河常年水量丰沛，泥沙含量很低，清澈见底，水中微量元素丰富，属于无污染的优质天然水，可以直接饮用。这里群山环抱，气候宜人，空气清新，水源纯净，宁静祥和，是休闲养生的好去处。

### 2. 宝贵的长寿资源

巴马得天独厚的自然地理环境孕育了健康长寿的人群，自古以来，巴马的长寿现象就备受关注，为世人所知晓。清朝时期巴马属永定土司管辖，嘉庆皇帝闻知永定土司境内有一位名叫蓝祥的瑶族老人高寿 142 岁，特题诗赠予，称蓝祥为"烟霞养性同彭祖""花甲再周衍无极"。清光绪戊戌年（1898 年），光绪皇帝为巴马县那桃乡平林村敢烟屯的邓诚才题赠"惟仁者寿"的匾牌。该牌匾现今被邓家第四代孙完好保存，还修建了仁寿度假山庄，成为巴马的旅游景点之一。在1953 年第一次全国人口普查时，巴马县百岁以上长寿老人就有 10 多人。1991年，巴马县被国际自然医学会认定为第五个世界长寿之乡，巴马县长寿人口比例高达 30.8 人/万人，大大超过国际上规定的 25 人/万人的指标，是世界五大长寿之乡中百岁老人分布率最高的地区。2000 年全县有百岁以上老人 74 人，2009 年全县健在百岁以上老人 81 人，2013 年全县有百岁以上老人 94 人。全国人口普查数据显示，巴马县的百岁老人数量持续增长。这里的百岁老人健康长寿，性情豁达，生命质量高，生活能够自理，有的还能上山砍柴、种地，从事一些力所能及的体力劳动。长寿资源是十分宝贵的，具有一定垄断性的稀缺资源对巴马发展长寿养生旅游无疑是巨大的馈赠，也是巴马极具吸引力和魅力的原因，每年都吸引着数以万计的游客来到巴马这块神奇的土地上探寻长寿的奥秘。

### 3. 丰富的旅游资源

巴马属于典型的喀斯特地貌，洞奇石美，景色宜人。在境内分布着独具特色的岩溶洞群体及天坑群，有号称"天下第一洞"的百魔洞，令人叹为观止的"水晶宫"、被称为"水上芦笛岩"的百鸟岩等，还有秀丽迷人的盘阳河风光和湖光山色的赐福库区千岛湖风光。其中，"水晶宫"、盘阳河风光已成为国家4A级旅游景区。另外，巴马作为革命老区，红色旅游资源也十分丰富，境内有红七军二十一师师部旧址、韦拔群同志牺牲地香刷洞等一批著名的旅游景点。小平足迹游成为巴马发展旅游业的又一重点和看点。

4. 独特的民俗风情

巴马是少数民族聚居区，有壮、汉、瑶等12个民族在这块热土上繁衍生息，其中少数民族人口占总人口的87%。在漫长的历史进程中，各族人民创造了丰富多彩的民族文化，形成了许多独具特色的与健康长寿密切相关的民俗。比较有代表性的是盘阳河沿岸的裸浴习俗，壮族、瑶族为家中老人举行的"补粮"仪式，以及备棺习俗。裸浴习俗源远流长，沿袭至今。巴马人讲究卫生，在劳作一天后，晚上就会成群结队地去河边沐浴，在清凉的河水中洗去一身的劳累。通常沐浴地点是固定的，但男女有别，老少也分开，同年龄同性别的人在一块，有皮肤病的人不允许一起沐浴，这是一种文明健康的生活习惯。

"补粮"是盛行于巴马的一种古老民俗，也叫"帮粮""添粮"。巴马的老人认为，随着年纪的增长，上天赐予他们的粮食就变得越来越少了，因此要及时"补粮"，"补粮"可以"添寿"。所以，为了消除老人心中的顾虑，让老人更健康长寿，子女都会给到了一定岁数（70岁左右）的老人举行隆重的"补粮"仪式。"补粮"的岁数和时间都是有讲究的，事先要请麼公根据老人的生辰八字来推算日子，确定日子后请麼公来家中做法事，主持"补粮"仪式。"补粮"当天已出嫁的女儿及其他亲戚会把带来的大米倒到老人床头的粮缸中给老人补充粮食，祈求老人健康长寿。"补粮"已被现代医学证明具有积极的心理暗示作用，它既消除了老人的忧虑又能表达子女的孝心，使老人心情愉悦、坚信能够延年益寿，从而有助于健康长寿。

在家中为老人备"寿棺"是巴马一个古老而奇特的习俗。走进巴马人的家中，经常会看到大厅两侧或大门边上摆放着棺材，这是为家中老人准备的寿棺。在巴马，凡有年过花甲老人的家庭，晚辈都要为老人准备好"寿棺"。备棺习俗源远流长，具有其特定的文化内涵：一是为老人排除后顾之忧。备有了寿棺，老人觉得死后有安身之所而无忧无虑，这种心态有利于身心健康从而延年益寿。二是说明老人的子女有孝心，想老人之所想，自然会得到邻里乡亲的赞誉。三是避邪。认为家中有棺材寓喻儿孙升官发财，家道兴隆，人丁安康，这对老人的身体健康同样起到有益的调节作用①。巴马人这种笑看人生、看淡生死的豁达和开朗，或许就是其长寿的秘密吧。

**（二）劣势**（Weaknesses）

**1. 旅游开发起步晚，基础设施落后**

巴马地处大石山区，"八山一水一分田"，耕地十分稀少，自然条件恶劣，自然灾害频繁，经济发展缓慢落后，是广西乃至全国的贫困县。由于经济发展落后、交通闭塞，长期以来，巴马"养在深闺人不知"，旅游开发起步较晚，基础设施落后，旅游业发展困难重重。在东巴凤大会战之后，虽然巴马的道路交通等基础设施建设得到了很大改观，但目前仅有 323 一条国道（二级）穿过巴马；从县城通往景点的路况较差，道路崎岖拥堵，大大影响游客的进入。道路交通状况无疑是影响巴马旅游业做强做大的瓶颈。

**2. 旅游业服务水平不高，接待能力不足**

近几年来，巴马旅游业发展势头迅猛，目前境内已有 2 个国家级 4A 景区，游客数量持续增长，全社会旅游总收入大幅增长，旅游产业形成一定规模，但仍处于粗放型初级发展阶段。由于资金的匮乏及管理经验的不足，景区景点的规划开发较为粗放，没有建立健全旅游规章制度，景区管理和服务水平不高。尤其是近年来，到巴马乡村养生疗养的游客剧增，流动人口大，但是地方政府缺乏管理农村流动人口的经验，没有及时制定详细周密的管理措施并进行有效的管理。风景区内基础设施不完善，医疗卫生条件不健全，无力对游客进行有效的管理和服务。

**3. 村民对旅游业开发认识不足，环境保护意识差**

随着巴马旅游业的发展，游客的增多，给当地村民带来了无限商机。外地的游客尤其是来巴马季节性居住养生的游客（"候鸟人"）通常会选择居住在盘阳河沿岸村民自建的房子里，村民通过提供住宿、餐饮服务从而获得巨大经济收

---

① 厅堂备棺寿俗——看寿星如何笑傲岁月笑对人生，http://www.bama.gov.cn，2014 年 4 月 28 日。

入。尝到旅游开发的甜头后，当地村民争相建设供给游客租住的楼房，一栋栋新建筑如雨后春笋般在盘阳河两岸拔地而起。而这些密密麻麻的高层新建筑大多没有按照景区旅游规划进行建设，也没有办理合法手续。旅游服务设施的这种无序建设，不仅破坏了盘阳河风景区的自然风光，严重危害了景区生态环境，而且加大了今后规范管理的难度。

### （三）机遇（Opportunities）

#### 1. 政策扶持

近年来，新兴的旅游产业拉动了巴马 GDP 的快速持续增长，成为巴马经济社会发展的新引擎，成为当地居民脱贫致富的新途径，因此，各级政府历来高度重视巴马旅游业的发展，不断加大资金投入和扶持力度。为促进巴马旅游业快速发展，2008 年，广西壮族自治区人民政府出台了《广西盘阳河长寿旅游带发展规划》；《广西壮族自治区旅游业发展"十二五"规划》将"巴马长寿养生"列为广西五大旅游品牌之一，"世界长寿之乡休闲养生游"列为广西六条旅游精品线路之一，"长寿养生"列为广西九大旅游产品之一。2013 年，广西壮族自治区人民政府出台了《关于加快旅游业跨越发展的决定》，提出建设巴马长寿养生国际旅游区的战略决策，巴马长寿养生国际旅游区与桂林国际旅游胜地、北部湾国际旅游度假区成为广西重点打造的三大国际旅游目的地，巴马旅游业迎来千载难逢的大好时机。巴马长寿养生国际旅游区将整合河池市和巴马、东兰、凤山、大化、都安各县的旅游资源，以凤山三门海国家地质公园—巴马赐福湖的盘阳河长寿养生旅游发展轴为核心区域，辐射带动周边县市旅游发展，目标是将旅游区打造成为国际长寿养生健康旅游目的地、世界长寿养生科学研究中心、国际长寿养生健康文化交流与合作平台、国家生态旅游区和国家旅游扶贫示范基地。为加快推动巴马长寿养生国际旅游区建设，2013 年自治区下拨 8000 多万元用于巴马旅游基础设施建设。同时，加大宣传推介力度，做好招商引资工作，引进了仁寿源国际长寿养生度假区、云外天乡国际养生度假区、世界瑶族文化旅游村等总投资达 180 亿元的重点旅游项目。以建设巴马长寿养生国际旅游区为契机，巴马旅游业发展将迎来繁花似锦的春天。

#### 2. 市场需求不断扩大

随着经济社会的发展，人民生活水平的提高，以及假期闲暇时间的增多，越来越多的人青睐于出门旅游，或观光、或访古、或度假、或养生。在充满竞争、快节奏的现代都市中生活的人们更加渴望回归大自然，在大自然的怀抱中陶冶情操，以寻求心灵上的自由平和。此外，随着城市环境污染问题日益严重，各种疾病日益增多，人们也越来越关心健康和养生问题，养生意识不断增强。因此，越来越多的人会选择去一个风景秀丽、环境优美、有益于身心健康的乡村去休闲度假，作为世界长寿之乡的巴马无疑是首选旅游目的地。近年来，到巴马旅游、养生的游客与日俱增，2006 年全县接待国内外游客仅为 11.6 万人次，但到 2012 年游客增长到 217.72 万人次，实现旅游社会总收入 19.77 亿元，同比增长 47.8%；2013 年接待游客 263.36 万人次，实现社会旅游总收入 25 亿元，同比增长 26%；2014 年上半年接待游客 158.99 万人次，同比增长 20.4%[①]。每年到巴马休闲养生度假的"候鸟人"就有 10 多万人次。随着巴马长寿养生品牌知名度的不断提升，将会吸引更多的游客来这里观光、探秘、养生、度假。

（四）挑战（Threats）

旅游业作为一种新兴的朝阳产业，给"老、少、边、穷"的巴马带来了生机和希望。旅游业对于促进巴马经济发展和社会进步，加快实现脱贫致富，增强民族凝聚力和向心力，提高人们的文化自觉和文化自信具有重要战略意义。然而，随着旅游业的深入发展，巴马的长寿生态环境遭到严重冲击，生态环境面临巨大压力，长寿链面临断裂，长寿养生旅游的可持续发展问题堪忧。

1. 生态环境面临巨大压力

巴马是大石山区，土地稀薄，水土流失严重，长期以来石漠化问题比较突出。特别是近几年旅游开发之后，由于片面地追求经济利益最大化，忽视了生态环境的保护，导致生态环境系统遭受严重破坏。被喻为巴马"母亲河"的盘阳河历经千山万岭最后从百魔洞口流出，是当地居民重要的饮水源。但由于基础设施不完善，没有污水处理厂，景区内的生活污水通常未经处理就直接排入河中；在"候鸟人"聚居的长寿村，因为人多杂乱、管理不善，垃圾随处堆放，生活污水随意排入河中，导致盘阳河遭到严重污染，生态环境遭受严重破坏。如果当地政府未能及时出台有效的防范措施，加快基础设施建设，加大环境整治力度，加强

---

① 数据来源：《巴马年鉴总概况》，巴马县人民政府网站。

环保宣传，增强游客及当地居民的环保意识，那么，后果将不堪设想。

2. 长寿链条面临断裂

巴马长寿现象古已有之，巴马人长寿是内外因相互作用的结果。遗传基因、阳光、空气、水、地磁、食物、生活方式构成长寿的重要因素，这些因素的相互作用已形成相对稳定的系统。巴马长寿链条延续至今，是过去多种因素综合作用的结果，是特定基因的人群在特定地域文化环境中长期生存和发展的结果，任何将巴马人与特定自然环境分离的做法都有可能破坏长寿链条①。然而，随着巴马经济的发展、矿山的开采以及旅游业的开发，严重污染了空气、水源、土壤，使长寿链中的自然要素遭受破坏，从而影响人们的健康长寿。再者，巴马外出打工、就业的人数越来越多，割断了长寿主体和长寿自然环境之间的联系，大批青壮年常年在外打工将会导致长寿现象和长寿文化逐渐淡出人们的视线，长寿链条面临断裂。

## 三、结论

巴马自然生态环境良好、资源丰富、特色鲜明，发展长寿养生旅游具有得天独厚的优势，但由于旅游开发起步较晚，基础设施不健全，专业人才匮乏，环境保护工作不到位等因素制约了旅游产业做大做强。因此，为了更好地促进巴马旅游业的可持续发展，推动巴马长寿养生国际旅游区建设，一要出台一系列行之有效的政策措施，建立健全旅游规章制度，引导旅游业健康快速发展。二要科学规划和合理利用资源，加快环境整治力度，加大环保宣传力度，坚持经济效益、社会效益、生态效益相统一，促进人与自然、经济与生态环境和谐发展。三要加大宣传推介力度，不断提高长寿养生品牌的知名度和美誉度。四要培养一批高素质的旅游人才队伍，为巴马长寿养生国际旅游区建设提供强大的智力支持和保障，不断提高旅游服务水平和质量。

---

① 杨蕴丽：《巴马长寿链条持续发展研究》，《内蒙古师范大学学报（哲学社会科学版）》2009 年第 6 期。

# 巴马长寿养生国际旅游区
# 特色文化资源优势分析

文化是民族的血脉、人民的精神家园，文化是一个国家和民族兴旺发达、繁荣昌盛的不竭动力。随着经济社会的发展，人民对精神文化的需求不断提高，文化作为社会发展的精神动力的独特作用得到了凸显。早在 1988 年世界银行发布的《文化与持续发展：行动主题》报告就提出了："文化为当地发展提供新的经济机会，并能加强社会资本和社会凝聚力。"① 如今，文化已成为国家综合竞争力构成的基本要素之一，将文化与政治、经济、社会、生态一起作为评估国家整体协调发展水平的重要指标成了全球共识。文化在社会发展中的巨大潜力获得了深入开掘与发展的空间，其地位和作用日益提升。在 21 世纪，文化已成为一种非常重要的资源。

## 一、巴马长寿养生国际旅游区区域概况

巴马长寿养生国际旅游区（以下简称巴马旅游区）位于广西壮族自治区西北部，河池市西南部，毗邻南宁市、百色市，范围囊括巴马瑶族自治县、东兰县、凤山县、天峨县、都安瑶族自治县和大化瑶族自治县六县，国土面积 16177 平方公里，2012 年末人口约 211.25 万，壮、瑶、苗、汉等多个民族在此聚居。这六个县同处红水河流域，地缘相连、人文相通、产业相近，是世界长寿养生资源富集区、全国著名的革命老区、国家重点生态功能区、国家级铜鼓文化生态保护

---

① 张晓明：《中国文化产业发展报告》，社会科学文献出版社，2004，第 281 页。

区。在自然地理及人文风俗的长期影响下，巴马旅游区形成了独具特色、色彩斑斓、情趣横生的地域文化景观，长寿文化、山歌文化、铜鼓文化、红色文化等享誉国内外。

## 二、巴马长寿养生国际旅游区特色文化资源

### （一）生态文化资源

巴马长寿养生国际旅游区洞奇石美，景色宜人。那巨浪奔腾的红水河，纵横交错的地下暗河，鬼斧神工的岩溶洞，连绵起伏的青山，壮观雄奇的天坑天桥，密不见天的黑森林，构成了一幅幅神奇壮美的生态景观。

巴马长寿养生国际旅游区属于典型的喀斯特地形地貌，在区域内分布着独具特色的岩溶洞群体及天坑群，有号称"天下第一洞"的百魔洞，令人叹为观止的"水晶宫"，被称为"水上芦笛岩"的百鸟岩，妙如仙境的凤山世界地质公园三门海天窗群，神奇清净的凤山鸳鸯洞，天坑群有半洞天坑、大东坨天坑、交乐大天坑、弄中好龙天坑等。还有秀丽迷人的盘阳河风光，湖光山色的赐福库区千岛湖风光，神秘多姿的"命河"，以及凤山鸳鸯湖，江州仙人桥，东兰江平田园风光，大化的七百弄国家地质公园，天峨的龙滩天湖，龙滩大峡谷国家森林公园，都安的红水河英雄大峡谷，东兰红水河第一湾，红水河百里画廊等。这些丰富奇特的自然生态景观是开发生态旅游的宝贵资源。

### （二）长寿文化资源

巴马长寿养生国际旅游区的长寿文化资源主要集中在以巴马为中心的盘阳河流域长寿带，包括凤山、东兰、大化西北部、都安西南部和平果北部。文脉独特的生态资源、持续增长的长寿群体、健康长寿的饮食文化、延年益寿的民族风俗构成了世界珍稀宝贵的长寿文化资源。

1. 文脉独特的长寿生态资源

生态环境是形成长寿资源的重要因素之一。据有关专家考证，盘阳河流域长寿带具有五个方面的文脉特征[①]。

（1）经纬地带文脉。以巴马为中心的盘阳河长寿带地处东经 $106°51'\sim107°$

---

① 李甫春等：《东巴凤小康之路——东兰、巴马、凤山革命老区全面建设小康社会研究》，广西人民出版社，2008，第 240 页。

23′，北纬 23°80′～24°60′之间，这一带夏无酷暑，冬无严寒，热量丰富，春秋凉爽，日夜温差小，平均温度在 19℃～21℃之间，是适宜人类生活的最佳地带。

（2）地质结构文脉。长寿带位于都阳山脉二叠系岩溶石灰岩构成的石山与三叠系沙页岩构成的丘陵土山交叉带，地质地貌结构复杂，峰峦叠嶂，山高林密。这一带土壤中含有大量人体必需的微量元素，锰、硒、锌、活性钙等对人体有益的矿物元素的含量远超出其他非长寿地区，而对人体有害的铜、镉的含量很低。因此，这里的土壤能够孕育出有益于健康长寿的食物。

（3）气象锋面文脉。盘阳河位于都阳山东南坡，迎风面为东南季风，给这里带来丰沛的降雨，年平均降雨量为 1570 毫米，比其他同类地区多 300～500 毫米。年均日照 1540 小时，空气湿度为 79% 左右且雷暴雨天数较多。这样的气象容易产生丰富的负氧离子，空气中负氧离子含量高达 1.5 万～3 万个每立方厘米，比其他地区高出 20 倍。负氧离子能净化空气，使人精神振奋，增强肌体抵抗力，促进新陈代谢，消除疲劳。这是巴马人长寿的一个重要气象因素。

（4）生态群落文脉。长寿区亚热带及热带过渡带，雨热同季，植物生长茂盛、种类繁多，数量高达 2000 多种，植被广阔，这种多草多树的环境能更多地反射热能，不但能保持四季常绿，使地面增温慢，还能调节气温，净化空气，产生大量的负氧离子。人们生活在这样的自然环境中，自然会心情愉悦，身心健康。

（5）水质健康文脉。区域内拥有众多的泉水和地下河，水中含有丰富的矿物质微量元素，极为洁净。

巴马长寿区特殊的地理、气候与地质环境，创造了适宜健康生活的生态环境，在这样的生态环境中，人与自然和谐共处，天人合一，延年益寿。

2. 持续增长的长寿人口比例

一方水土养育一方人，巴马长寿养生国际旅游区得天独厚的自然生态环境孕育了健康长寿的人群。以巴马为中心的盘阳河流域是世界著名的长寿之乡，这是经国内外医学、生命科学和社会学专家学者历时近 50 年严格缜密的实地考察，并有五次全国人口普查统计资料证实而得出的权威性结论。国际自然医学会会长、世界著名长寿学专家森下敬一博士经过多次深入巴马考察之后，于 1991 年在日本召开的第 13 届国际自然医学大会上宣布巴马县是继苏联的高加索、巴基斯坦的罕萨、厄瓜多尔的比尔卡班巴、中国新疆的阿克苏—和田之后的第五个世界长寿之乡。2003 年 11 月 11 日，首届巴马国际长寿学术研讨会在巴马举行，来自国内外的 120 名专家学者参加了学术研讨交流。会上，森下敬一博士代表国际自然医学会给巴马颁发"世界第五长寿乡"认定书。这是国际自然医学会颁发的唯一一份世界长寿之乡认定书。巴马县长寿人口比例高达 30.8 人/10 万人，大大超过国际上规定的 25 人/10 万人的指标，是世界五大长寿之乡中百岁老人分布率最高的地区。不仅仅是长寿人口比例高，巴马还是唯一一个百岁以上长寿人口持续增长的世界长寿之乡。据统计，2000 年巴马县有百岁以上老人 74 人，2009 年全县有百岁以上老人 81 人，2012 年全县有百岁以上老人 86 人，2015 年百岁以上老人 93 人，百岁老人数量呈现明显上升趋势。与巴马毗邻的东兰县、凤山县百岁长寿率也很高，2012 年，东兰长寿人口比例为 27.11 人/10 万人，凤山为 23.94 人/10 万人，两县荣获中国老年学会评定的"中国长寿之乡"称号。此外，天峨、都安、大化各县百岁人口比例也很高，均超出了中国老年学会制定的"中国长寿之乡"相关评定标准。

2012 年巴马旅游区长寿人口情况表

| 指标 | 巴马 | 东兰 | 凤山 | 天峨 | 都安 | 大化 |
|---|---|---|---|---|---|---|
| 百岁以上人口（人） | 86 | 81 | 50 | 24 | 205 | 56 |
| 每 10 万人拥有（人） | 30.35 | 27.11 | 23.94 | 14.29 | 28.81 | 12.12 |
| 80—99 岁人口（人） | 4619 | 4402 | 3989 | 2438 | 16600 | 5293 |
| 每 10 万人拥有（人） | 1629.85 | 1473.22 | 1909.52 | 1451.19 | 2333.42 | 1145.17 |

数据来源：《巴马长寿养生国际旅游区发展规划纲要（2013—2020 年）》。

3. 健康养生的饮食文化

合理健康的膳食结构是健康长寿的重要因素。巴马长寿地区的膳食结构特点是"五低两高"，即低热量、低脂肪、低动物蛋白质、低糖、低盐，高维生素、高膳食纤维，形成了独特的饮食文化。人们的日常饮食清淡，主要以素食为主，肉食为补，平衡饮食，食物多样化。这里的长寿老人一年四季以玉米粥为主食，吃的多是纯天然无污染的绿色蔬菜，肉类的摄取量较少，而蔬菜、肉类一般也都是用水煮的简单烹饪方法，因而避免了高脂肪、高热量的摄入，保持健康的饮食习惯。

巴马旅游区的绿色健康食品主要有玉米、大米、糯米、墨米、粳米、红薯、芋头、木薯、饭豆、猫豆、毛豆、板栗、南瓜、核桃、苦麻菜、雷公根、蕨菜、芥菜、芥蓝、竹笋等。这里最有特色的风味美食是巴马香猪、油鱼、玉米粥、五色糯米饭、粽粑、糍粑、墨米豆腐、豆腐圆、烤乳猪、白切鸡、白切鸭、白切羊肉、白切狗肉、灌血肠、猪羊活血、羊瘪、火麻汤、豆渣菜等。当地的食用油有茶油、火麻油及动物油。茶油和火麻油是纯天然绿色食品，含有大量不饱和脂肪酸、维生素 E 等，可以延缓衰老，有益于健康长寿。

### 4. 世代传承的长寿理念

巴马长寿养生国际旅游区的长寿现象源远流长并世代传承，在长寿现象的背后饱含着深刻的长寿理念。长寿理念主要是指对长寿养生的认知、看法和观念。长寿养生理念的世代传承，潜移默化地影响着人们的思想和行为。概括起来，巴马旅游区长寿养生理念主要体现在以下几个方面：（1）尊老敬老。健康长寿是人生的一大追求，长命百岁是一件非常荣耀和骄傲的事，所以，长寿老人普遍受到世人的尊重，岁数越大越受到格外的尊重。在当地保持着四代同堂、五代同堂的传统。在家里，子女孝敬爱戴长辈，老人疼爱儿孙，家庭和睦，其乐融融。老人享受天伦之乐，保持愉悦的心情，从而有利于健康长寿。（2）平和心态。专家经过研究发现，保持平和乐观的心态对于健康长寿尤为重要。巴马旅游区的长寿老人大多随遇而安，知足常乐，宽厚仁慈，心怀感恩，虽然生活条件艰苦，但都能乐观面对，绽放生命的华彩。（3）适度节制。节制欲念是一种养生之道。长寿老人一般不酗酒，吃饭八分饱，避免暴饮暴食。夫妻分床，适度减少性生活，但又保证不影响夫妻之间的感情。这种纯朴、科学、独特的生活方式营造出了长寿的生命环境。（4）躬耕不息。在巴马旅游区，人们日出而作、日落而归，活到老，干到老，一生劳碌，保持着勤劳俭朴的传统美德。当地的长寿老人一生劳作，健康长寿，生命质量高，虽然年过百岁但生活能够自理，有的还能上山砍柴、挖地，做一些力所能及的家务活。

长寿文化资源是一种弥足珍贵的稀缺资源，这对巴马旅游区发展长寿养生产业无疑是巨大的馈赠，也是巴马旅游区极具吸引力和魅力之所在，每年都吸引着大批游客来到这片"养生福地"观光旅游、养生度假，探寻长寿的奥秘。

### （三）民族文化资源

民族文化资源是民族地区发展文化产业的重要宝贵资源。在巴马长寿养生国际旅游区最具民族特色的传统节庆有壮族蚂蚓节、三月三山歌节、瑶族祝著节、七夕祭水节等。壮族蚂蚓节（青蛙节）主要流行于红水河流域的东兰、天峨、巴马等地。蚂蚓节当天，人们穿上节日盛装，进行寻蚂蚓、祭蚂蚓的祭祀活动，之后唱蚂蚓歌、跳蚂蚓舞，祈求风调雨顺、人寿年丰、六畜兴旺。蚂蚓节文化内涵丰富、独具特色。农历三月三山歌节是壮族人民的传统节日。这一天，壮族人要制作五色糯米饭、吃彩蛋，对唱山歌，热闹非凡。三月三山歌节源远流长、历史悠久，现已发展为传承和弘扬民族优秀文化，扩大对外文化交流，提升少数民族地区文化品位的重要载体。农历五月二十九是瑶族的祝著节，也是瑶族始母密洛陀的生日。这天瑶寨会杀猪宰羊宴请宾客，并举行铜鼓舞、斗画眉、赛弓箭、赛马等文娱活动。祝著节已被列入国家非物质文化遗产名录。七夕祭水节当天，巴马民众会在长绿山"神仙泉"边举行祭水活动。七夕祭水节充满浓郁的民族风情，其中包含着古老神奇的民俗文化，又融入丰富多彩的民族舞蹈风情，极大地丰富了当地的旅游文化资源。

巴马旅游区的铜鼓文化历史悠久、底蕴丰厚，是极具优势的特色文化资源。铜鼓产生于公元前7世纪的春秋时期，至今已有两千多年的历史。铜鼓能发出洪亮悦耳的声音，鼓身纹有精美图案，如羽人、太阳、鸟兽虫鱼花草、狩猎、龙等，图纹形式和内容独特丰富，体现了先民们高超的冶炼铸造工艺和艺术创作水平，也反映了当时的经济状况、文化面貌和心理素质，具有相当高的历史文化研究价值和开发价值。在千百年的传承中，壮族、瑶族人民把铜鼓视为吉祥之物，当作权力、兴旺、吉祥、奋进的象征，它在人们的生产生活中占有神圣的地位。广西东兰县是古代铜鼓重要的发祥地和传承地之一，也是铜鼓文化保留得最完整、最厚重的区域之一。东兰的铜鼓已有两千多年的传承使用历史，其悠久深远的历史孕育出了博大精深的铜鼓文化。目前，东兰民间传承使用的铜鼓达612面之多，占世界传世铜鼓总量的四分之一，被誉为"世界铜鼓之乡"。其民间藏鼓、护鼓、养鼓、祭鼓、赛鼓、舞文之风至今依然盛行，被誉为铜鼓文化的"活化石"。铜鼓文化蕴含着红水河流域少数民族特有的精神财富，是各民族智慧的结晶，是中华民族优秀传统文化的瑰宝。

### （四）红色文化资源

东巴凤是革命老根据地，革命先辈们用青春和热血谱写了可歌可泣的红色篇章。东巴凤革命老区现存当年红七军二十一师师部旧址、魁星楼、列宁岩、兵工厂旧址、韦拔群牺牲地香刷洞等革命遗址，以及拔群广场、韦拔群纪念馆、韦拔群故居、韦国清纪念馆等革命传统教育及爱国主义教育基地。这些都是发展红色文化旅游的丰富资源。

### 三、巴马长寿养生国际旅游区发展文化产业的优势分析

#### （一）资源独特性优势

开发独具特色的文化资源，已成为民族地区经济发展的关键要素。巴马长寿养生国际旅游区是革命老区、少数民族聚居区、世界著名长寿之乡、世界铜鼓之乡，拥有丰富多彩、特色鲜明的文化资源，发展特色文化产业具有无可比拟的优势。巴马旅游区属于典型的喀斯特地形地貌，空气清新，景色迷人，拥有世界级的岩溶地质景观、世界级的自然山水风光，自然生态环境好，气候宜人，发展生态文化旅游潜力巨大，前景广阔。目前，巴马县和天峨县已被列入全国生态文明示范县，凤山县获得"最佳绿色生态旅游名县"荣誉称号。巴马长寿养生国际旅游区是世界著名的长寿之乡，具有宝贵稀缺的长寿文化资源，长寿养生品牌具有一定的知名度和影响力。旅游区是壮族、瑶族等少数民族聚居地，拥有原生态的、绚烂多彩的壮、瑶民族文化，发展民族特色文化产业优势显著。东巴凤是革命老区，拥有丰富厚重的红色文化，发展红色旅游具有得天独厚的优势。旅游区的"长寿养生、绿色生态、民族风情、红色文化"四大文化资源特色鲜明、内涵丰富。

总体而言，巴马长寿养生国际旅游区资源类型多样，特色突出、禀赋优良，资源组合程度高，开发条件好。旅游区在一年的时间里有四分之三左右的日子对人体来说是舒适的，养生度假气候优势尤为突出。

#### （二）政府的重视和扶持

近年来，蓬勃发展的旅游产业拉动了巴马旅游区经济的快速持续增长，成为该地区经济社会发展的新引擎，成为当地居民脱贫致富的新途径，因此，各级党委政府历来高度重视旅游业的发展，不断加大资金投入和扶持力度。为促进巴马旅游业快速发展，2008年，广西壮族自治区人民政府出台了《广西盘阳河长寿旅游带发展规划》；《广西壮族自治区旅游业发展"十二五"规划》将"巴马长寿养生"列为广西五大旅游品牌之一，"世界长寿之乡休闲养生游"列为广西六条

旅游精品线路之一，"长寿养生"列为广西九大旅游产品之一。2013年，广西壮族自治区人民政府出台了《关于加快旅游业跨越发展的决定》，提出重点建设桂林国际旅游胜地、北部湾国际旅游度假区、巴马长寿养生国际旅游区的战略决策。巴马长寿养生国际旅游区与桂林国际旅游胜地、北部湾国际旅游度假区成为广西重点打造的三大国际旅游目的地，巴马长寿养生国际旅游区迎来千载难逢的大好时机。巴马长寿养生国际旅游区将整合河池市和巴马、东兰、凤山、大化、都安、天峨六县的旅游资源，以凤山三门海国家地质公园—巴马赐福湖的盘阳河长寿养生旅游发展轴为核心区域，辐射带动周边市县旅游发展，目标是将旅游区打造成为国际长寿养生健康旅游目的地、世界长寿养生科学研究中心、国际长寿养生健康文化交流与合作平台、国家生态旅游区和国家旅游扶贫示范基地。

各级政府不断加大对巴马旅游区的投入力度，实施基础设施大会战，为旅游业发展奠定坚实的基础。2013年自治区下拨8000多万元用于巴马旅游基础设施建设。2014年以来，根据自治区《关于巴马长寿养生国际旅游区基础设施建设大会战行动计划（2014—2016年）的批复》精神，巴马县被列入2014—2016年大会战项目共50项，总投资24.03亿元。同时，加大宣传推介力度，做好招商引资工作，引进了仁寿源国际长寿养生度假区、云外天乡国际养生度假区、世界瑶族文化旅游村等总投资达180亿元的重点旅游项目。核心区巴马瑶族自治县成功创建了全国旅游标准化省级示范县和"广西优秀旅游县"，被列入国家级旅游扶贫示范区，国家旅游局定点扶贫县。各级党委和政府的高度重视和大力扶持有力地推进了巴马旅游区文化产业的健康快速发展。

**（三）需求和消费市场潜力巨大**

根据发达国家旅游业发展的经验，当人均GDP由1000美元向3000美元跨越时，消费结构和产业结构都会发生显著变化。当人均GDP达到1000美元时，国内游将日益高涨；达到3000美元时，高端旅游和出境游将掀起热潮，旅游休闲消费的需求迅速膨胀，旅游业将出现爆发性增长。2008年，我国人均GDP已超过3000美元，2013年达到5414美元，国内游已呈现普遍化、消费化的特征[①]。2014年，我国国内游客规模为36.4亿人次，国内旅游总收入达3.1万亿

---

① 《广西打造国际高端长寿旅游休闲基地战略及重大措施研究》课题组：《广西打造国际高端长寿旅游休闲基地战略及重大措施研究》，《广西经济》2014年第10期。

元。大众旅游从初级阶段向中高级阶段演化的趋势更加明显，旅游需求更加多样化，低层次的观光旅游逐渐被高质量的度假、商务、会展、休闲、养生等旅游产品代替，国内旅游正进入一个新的转型发展阶段，旅游者在旅游中更注重和强调自身的参与性、娱乐性、知识性和享受性，休闲旅游、养生旅游、生态旅游、低碳旅游等新的旅游理念和方式具有越来越大的影响力和吸引力。伴随着工业化的不断发展，生态环境污染问题接踵而来并日趋恶化，各种疑难杂症日益增多，健康和养生问题成为人们关注的焦点，人们的养生意识也在不断增强。越来越多的人更乐意同亲朋好友去一个碧水蓝天、景色优美、空气宜人的乡村休闲度假，在青山绿水中放松身心。因此，虽然长寿养生旅游起步较晚，但长寿养生文化符合现代人多样化、高层次需要的消费趋势，具有较好的市场前景和发展空间。巴马长寿养生国际旅游区拥有的丰富长寿养生资源，为其有效迎接当下市场需求奠定了坚实基础；同时，依托"世界长寿之乡"国际知名度，旅游区在进一步开拓入境市场、深挖国内市场上也具备市场优势。

综上所述，巴马长寿养生国际旅游区文化资源丰富，资源品位价值高，具有独占性，发展文化产业潜力巨大，前景良好。山清、水秀、洞奇、物美、人寿，这是巴马长寿养生国际旅游区发展希望之所在，独特魅力之所在。

# 浅论期刊的市场定位及其策划

## 一、全球化背景下期刊市场定位的重要性

"定位"（Positioning）作为一个营销学概念诞生于 20 世纪 60 年代末的美国，是由美国两位年轻的广告人杰克·特劳特和阿尔·里斯提出的。"定位"理论强调，任何一个品牌（产品、服务或企业），都必须在目标受众的心中占据一个未被其他品牌占据的特定位置，并维持好自己的经营焦点，只有这样才能在激烈的市场竞争中占有一席之地。"定位"理论的问世开创了营销学理论全面创新的时代，在营销界、广告界掀起了一阵阵"定位"风潮。今天，"定位"已成为营销战略理论构架中的一个核心概念，成为整个营销专业知识中最富有价值的战略思想之一，而且其意义也已经超出营销专业的范畴而成为普遍、广义的成功之道①。期刊的市场定位，是指期刊经营者根据读者的需求特性及竞争者在市场上的情况，对期刊的经营、服务确立目标，塑造形象，并把这种形象传达给读者，使读者了解、认知，从而确立期刊在读者心目中的地位。将营销学的定位理论引入期刊的市场策划中，是因为期刊作为一种兼具有精神和物质双重特性的产品，既有生产的质的要求，也有销售的量的要求。期刊只有给自己一个明确的市场定位，才能在日趋激烈的现代竞争中占据有利的地位。

我国期刊业已经进入到一个竞争激烈的时代。在 20 世纪 80 年代末，我国共

---

① 林东明：《定位之痛——试析期刊定位的五大误区》，《绍兴文理学院学报》2003 年第 12 期。

有期刊 6000 种左右，年发行总量 25 亿册左右。目前，我国期刊有 9000 余种，期刊市场竞争愈加剧烈。国内近几年创刊与改刊的期刊相当多，2001 年最多时，一个月就有 70 多种新创办的期刊问世，但转瞬之间许多期刊就难寻芳踪。据统计，2001 年初面市的期刊到当年 12 月已经有一半停刊。这些期刊之所以昙花一现，自然有许多原因，其中一个最重要的原因就是缺乏明确、清晰的市场定位。尤其是我国加入 WTO 后，面对即将进入我国市场的外国成熟期刊的激烈竞争，就更加需要一个唯我独有的施展空间，一个清晰、明确的市场定位。对于期刊来说，市场定位具有极其重要的意义。一方面，它可以提高期刊的市场竞争力，提高期刊的质量；另一方面，一本期刊如果没有一个准确的定位，只是盲目跟风、随流，没有找到一个适合自己的位置，那么就会陷入处处被动的困境，难以发展壮大甚至难以生存。一本好的期刊，一本畅销的期刊必然有属于它自己的生存空间和发展空间。所以说，期刊的市场定位是期刊进入市场的第一步，左右着期刊的成败。

## 二、决定期刊准确定位的两大要素

在期刊的市场定位中，读者定位和风格定位是两个重要因素。读者，就是期刊所要锁定的目标。读者定位，就是刊物办给谁看；而风格则是期刊从内容到形式所体现出来的整体特色与个性。期刊风格定位即对期刊的风格提出相应的要求，或者对期刊的风格做出相应的规划和预设。

### （一）读者定位

期刊的读者定位，是指通过市场调研发现和明确期刊的读者对象并使刊物的总体编辑构思与之相适应。明确的读者定位能使期刊拥有较为稳定的读者群，在市场上有较大的竞争优势，是刊物赖以生存的基本条件之一。当今流行的一个词叫"锁定"，期刊理当锁定自己的读者群。任何期刊都必须明确自己的主要读者范围，那种试图将全社会各行各业、各色人物等都"一网打尽"的做法显然是不现实的。现行的办法是"杂志有分类""期刊有专攻"。读者定位通常包括以下两个方面的内容：

1. 读者的条件定位

期刊要锁定自己的目标读者群，首先就应当根据读者自身的外在条件来确定自己的服务对象。可以根据不同的性别、年龄、文化程度、经济水平、职业、专业、社会地位与社会阶层等因素来划分读者群，然后确定期刊的主要读者范围。期刊可以根据读者不同的自然条件，专门面向某种性别、年龄、民族或区域的读者，比如，青年刊物的主要读者群是青年，妇女刊物的主要读者群是妇女。但是仅仅从大的方面划分是不够的，必须再进行细化，使目标读者的设置更加到位。如时尚类期刊把 17 岁到 35 岁之间的女性，切分成各个不同的年龄段，然后针对不同的年龄段的特点做出具体的策划，从而满足各年龄段读者的不同需求。18 岁到 28 岁的人群虽然都属于青年范畴，但他们的兴趣爱好、需求、心理等方面截然不同，中学生和大学生、大学生和已进入社会的青年之间的心理需求和兴趣爱好有很大的差异，如果把这些读者混为一谈，笼统地给他们看同一种期刊，显然是很不科学的。还可以根据读者不同的社会经济条件，针对不同的职业群体办不同的期刊，如电子、农业、旅游等方面的期刊；针对不同专业，可有不同的期刊，如文学、法学、民族学、经济学、心理学等方面的期刊；针对不同的文化程度，又可有不同的期刊，如适应少儿、中学生、大学生等不同的文化程度的期刊；还有专业性较强的学术性期刊等。随着社会分工越来越细，社会变革中新的社会阶层不断地出现，社会群体的划分也变得越来越复杂。这些变化无一不驱使着期刊对读者进行细分。通过对读者的细分，满足不同读者的阅读需求，这既体现了对读者的重视，又体现了期刊的个性特征。

2. 读者的需求定位

期刊的定位如果仅仅考虑目标读者的外在条件还是远远不够的。心理学认为，需要的力量是无法抗拒的。需要决定行为。需要越强烈，读者为满足需要而采取的行动就越有力而执着[1]。古罗马有句名言："人所不需要的东西，也就谈不上什么价值。不要买自己想买的东西，而是买自己需要的东西。"[2] 在需要方面，期刊业与普通的商品生产一样，也要符合消费者的需要。因而，期刊还需要准确细致地把握读者的心理需求，如读者的情感、意愿、追求、趣味、爱好、体验等因素，在此基础上再进一步设定有共同心理取向的读者，创办出令他们满意的刊物。例如，《涉世之初》把具有中等以上文化程度，即将或刚参加工作走向社会，正处在人生创业的准备、起步和奋斗阶段的省会或省会以下的城镇的青

---

① 敖裕兰：《论期刊市场定位》，《编辑之友》2001 年第 3 期。
② 付一静：《全球化背景下期刊的市场定位》，《编辑之友》2003 年第 3 期。

年——初涉人世者作为目标读者，并利用自己的优势对处于这一阶段的青年的困惑、梦想、追求等作了深入的分析研究，指导他们如何尽快地适应社会，学会生存，走向成熟，初创人生的辉煌。通过这样细细地耕耘，最终，《涉世之初》杂志创刊不到 10 年，成为全国重点社科期刊、华东地区最佳期刊，获得了巨大成功。在期刊的策划过程中，对于某一种期刊来说，读者定位又并非一成不变的，以上两方面也不是互不相干、截然分开的，它们是相对稳定与发展的有机统一，成功的定位策划在于寻找二者的最佳结合点，做到浑然一体。因此，必须根据社会的发展和期刊市场的变化，动态地调整读者定位，必须对该刊的实际读者和目标读者都有非常准确的估计，从满足读者的精神文化需求出发，以读者为定位中心，研究读者、分析读者、联系读者、服务读者。

**（二）风格定位**

期刊的风格定位是指期刊从内容到形式所体现出来的特色和个性。独特的风格特色是品牌期刊的必备要素，是期刊的生命力之所在，也是其价值的重要体现。风格是一本期刊成熟的标志，它并不是一朝一夕就能形成的，更不是一蹴而就的，这需要有一个不断探索和积累的过程。期刊要根据市场的需求和读者的阅读口味，经过一段较长时间的积淀，形成自己独特、鲜明的风格。期刊的风格通常体现在名称、内容、形态三个方面。

1. 个性化的期刊名称

读者对一本期刊形成的感性认识和想象，首先来源于期刊的名称。一个富有个性的期刊名称，不仅能准确鲜明地反映期刊的定位和特色，同时又形象生动、朗朗上口、耳熟能详，令人过目难忘。如《家庭》《财经》《时尚》《沿海企业与科技》等刊名直接地反映了刊物的市场定位；《大学生》《少男少女》等刊名指明了期刊的读者对象，拉近了与读者的距离；《新周刊》《成功》《21 世纪》等刊名富于时代气息，能对读者起到一定的感染作用。

2. 独特新颖的内容

期刊的内容是体现期刊风格的重要载体，是期刊的灵魂。人无我有、人有我特、人特我变是设定期刊内容的基本原则。期刊的编辑需要研究读者、研究市场，探索读者的所思所求，要以敏锐的观察力和洞察力发现潜在市场，然后策划栏目、组织内容。期刊的内容必须有所侧重，防止面面俱到。如果太杂太散，就会失去重心，难以深入，也就难以打动读者。大凡办得成功的期刊，内容上都有他人无法替代的独特性。即使是办同一类期刊，在内容上也要力求做到人无我有、人有我新、人新我变。期刊在内容方面如果没有自己的独特性，就不可能具有吸引读者的魅力，在期刊市场也很难站稳脚跟。《家庭》杂志在内容上就是紧紧抓住了"家庭"二字大做文章。这就是它自己的特色，这就是明确的定位。因为它的每一个读者，阅读以后都有可能受到教育、启迪和鼓舞，在脑海中留下深刻的印象，从而促使人们更加热爱今天的美好幸福生活。期刊要保持内容上有个性，既要坚持办刊宗旨和方向的一以贯之，又要以应变的姿态面对多变的市场并不断赋予期刊品牌以新的内容和含义，要有创新意识，注重求变，在变中求新，在变中求发展。如《读者》的口号是"选择《读者》就是选择了优秀文化"，将刊物定位为"弘扬优秀文化"，办刊二十多年来紧紧抓住了这一点，不改初衷，成为弘扬"真、善、美"的"心灵读本"。不但如此，该刊还能根据时代的变迁及时更新办刊思想，提出"与读者一起成长"的办刊理念。

　　3. 鲜明的期刊形态

　　期刊的形态包括封面装帧、栏目设置、版式设计等要素。许多期刊为了与其他刊物相区别，在形象设计方面都别出心裁，力求在琳琅满目的期刊中打造自己独特的一张脸。形式与内容是一种和谐统一的关系，形式要为内容服务。期刊的形态要与期刊的内容、总体编辑构思、整体风格相统一。首先，期刊的封面设计要与期刊内容的性质相统一。不同种类的期刊，封面设计的路子是不相同的。政论性、学术性之类偏于刚性的期刊，其封面设计不能和一些娱乐性、生活类偏于柔性的期刊封面设计路子一样；娱乐性、生活类期刊的封面设计又不能和知识性、综合性一类中性期刊封面设计路子一样。同类期刊中的不同期刊，封面设计也会不一样。如时尚期刊的封面设计力求视觉冲击力，较为华丽、鲜艳、性感；而文学类期刊追求一种幽远朦胧的意境，在封面设计上则较为淡雅、清新；学术性期刊在封面设计上则讲究庄重严谨、朴素大方。其次，期刊的封面设计要与期刊的总体编辑构思统一。同样性质、面向同样读者的期刊，如果它的总体编辑构思有特点、有个性，封面设计也应体现各自的特点、个性，形成与其他同性质、同读者对象期刊不同的形象。再次，期刊封面设计应与期刊整体风格统一。期刊风格品位高雅，封面设计也应是高雅的；期刊风格较轻松活泼，封面设计就不宜拘谨。我们要使封面的风格与期刊的风格统一，做到表里如一。期刊的栏目是期刊的"窗口"和"眼睛"。重点栏目往往是期刊赖以生存和发展的基础，是期刊凸显个性的标志。比如说，《知音》杂志的栏目所围绕的是一个"情"字："爱心行动"里流淌的是人间真情，"知音报告"提示的是情感黑洞，"心情故事"袒露的多为个人的情感经历，"初恋时分"倾诉的是青春恋情，"围城风景"透视的是已婚者的情感世界，"名人明星"讲述名人明星的婚姻爱情，"父老乡亲"表现的是庶民百姓的喜怒哀乐，等等。这种个性化的栏目组合既满足了不同层次的读者需求，又赋予了"情"的深厚内涵与广阔外延。同为综合性社会期刊的《家庭》杂志，则围绕一个"家"字做文章，营造出家的温馨浪漫。《知音》有"知音报告"，《家庭》则有"问题家庭报告"。由于刊物定位不同，可以说，两个栏目各具个性："知音报告"揭示的是情感问题，"问题家庭报告"反映的则是家庭问题。前者通过编辑点评增加理性思考的色彩，后者则聘请相关的专家对报道的家庭问题作深入的分析。可见，这两个个性化栏目分别体现出不同的刊物定位。期刊的版式设计，是对期刊各个版面的造型，包括版面上标题、文字、图片等等的安排、配备，点、线、面的组合等①。版面设计具有美化版面的作用和功能。美的版面设计不仅使人赏心悦目，而且可以增加读者的阅读兴趣和持续阅读耐力。越是具有结构美、节奏美的版式设计，越能凸显期刊的风格。因此，期刊编辑要对文章的排列次序，标题，内容的字体、字号，版面的安排，文章与图片的连接，花边、套色、图片的运用，题头文尾的装饰等进行精心设计，掌握好节奏与韵律，充分展现期刊的风格。期刊的形态是期刊的"面子工程"，是期刊风格的外显形式，同时又能体现期刊编辑的审美追求和文化品位。期刊的形态既要新颖独特、引人入胜又要与整体编辑构思相一致，既要有一定的稳定性又要与时俱进、不断创新，能够根据时代的发展不断满足读者的新要求。由于期刊的风格定位在很大程度上决定了期刊的生存与发展，因此，现代的期刊社都将其作为占领市场和吸引读者的主要标志。所以，做好了风格定位，也就是做好了办刊成功的关键。期刊风格的定位，可以从以下几个方面入手：

第一，张扬鲜明的办刊理念。期刊要形成自身的风格特色，首先要有明确的

① 徐柏容：《期刊编辑学概论》，辽宁教育出版社，1999。

办刊理念。在刊物创办之初就要呈现期刊的风格特色，开宗明义，公开表明自己的办刊宗旨，并逐步产生一种有意识的追求。明确期刊的个性特征，不能盲目地跟从市场，贸然迎合各种需求，而要对主客观条件进行认真的分析与研究，在明确期刊的性质任务、编辑方针的情况下，兼顾自身条件和市场需求，从而选准自己的生存空间和位置，形成与众不同的风格特色。发行量高达 500 万份的《读者》杂志，从创办伊始就着力于对美好人性的讴歌，给人带来的是灵魂的净化、思想的启迪和真情的感动。这样的办刊宗旨，使《读者》成为中国期刊中社会效益和经济效益完美结合的典范。创刊于 1923 年的《时代》周刊，是美国最著名的时事新闻期刊。该刊从 20 世纪 30 年代起就亮出了《时代》要做时代注释家的办刊理念，力倡"解释性报道"，开世界报刊业深度报道之风。在它鲜明、独特的办刊理念的引领和支撑下，该刊声名鹊起，1976 年便成为美国第一家资本额超过 10 亿美元的出版公司。一本刊物成熟的个性化理念，源于期刊工作者尤其是主编独特的、深邃的目光，即世界的眼光、时代的眼光、文化的眼光、民族的眼光①。所谓世界的眼光，是指期刊编辑要有放眼世界的胸襟与胆识，立足本土，面向世界；所谓时代的眼光，是指期刊编辑的思维要有强烈的时代感，能充分反映出时代精神和时代气息，紧扣时代的脉搏；所谓文化的眼光，是指期刊编辑要有强烈的文化使命感，积极推进文化积累，推动文化创新，加强文化选择，促进文化交流；所谓民族的眼光，是指期刊编辑的创意要充分体现中华民族文化的底蕴，要深谙传统文化的精髓，富有自身文化的品格。期刊工作者只有学会运用以上四种眼光，才能树立起个性化的办刊理念，并凭借它在激烈的市场竞争中立于不败之地。

第二，倡导期刊编辑的探索和创新精神。我们常说的"风格即人"是有一定道理的。编辑风格与期刊风格有着非常密切的联系。换一句话说，编辑的风格在很大程度上决定了期刊的风格，期刊的风格必然折射出编辑的风格。期刊编辑是期刊风格的真正创造者和设计师。因此，没有编辑工作者的主体意识，就没有充满个性魅力的期刊风格。所谓编辑的主体意识，主要是指编辑工作者的不断探索、不断创新的精神。现代生活是一种快节奏、多变化的生活，社会生活在变，

① 王博：《抓住期刊风格营造的核心》，《编辑学刊》2003 年第 5 期。

读者心理在变，期刊市场也在变，在这种充满变数的进程中，期刊工作者如果仍然坚守过去那种一劳永逸、安于现状、不思进取的做法，显然是行不通的。虽然我们一再强调编辑要有创造性思维，但是创新并不等于一味地标新立异，更不等同于哗众取宠。要注意保持风格特色的连续性，长期积累，坚持不懈。期刊的风格特色是刊物一以贯之、持之以恒的思想与艺术特色的总体构成，是其逐渐成熟、日臻完善的鲜明标志，也是其不懈追求、精益求精创造出来的价值效果。特色的形成需要经过相当长时间的创造性努力，而在形成特色的长期实践过程中，主客观因素都会对它产生影响。客观上，由于形势环境等外部条件的发展变化，原来的编辑构思需要不断地完善、补充和修正；主观上，由于编辑工作者的思想、素质、兴趣爱好、风格品位的不同，在编辑工作的实践中，必然或多或少地渗入个人色彩，但只要保持总体构思风格的一致，必能创造出优秀而有特色的刊物。因而，要打造具有鲜明个性特征的品牌期刊，既要经过长期的积累，又要紧跟时代步伐，不断创新。

第三，形成具有共同特点的文章风貌和版面样式。一本期刊由于风格定位不同，编辑在组稿时往往会带有某些倾向，或是倾向于有理论深度的文章，或是倾向于大众化的文章，或是倾向于实用性的文章等等，从而使期刊形成具有共同特点的文章风貌和版面样式。比如，同是大型文学刊物，《收获》《钟山》《当代》和《十月》的整体文章风貌与版面样式就各不相同。《收获》和《钟山》倾向于现代主义小说，注重文章的前卫性、探索性；而《当代》和《十月》则多发表与民众生活息息相关的现实主义作品。理论刊物中，《读书》这本期刊的文章多数是谈论西方文化及其中国化问题，文章的总体风貌就较为深奥、理性；《求是》杂志的文章就主要是谈论中国当代社会和思想问题，文章的总体风貌就较为严肃、庄重。再看两本科技刊物——《大众科技》和《沿海企业与科技》，《大众科技》是一本普及性的科技刊物，刊载的文章多是一些科普性、技术性文章；《沿海企业与科技》一方面紧跟时代步伐刊载一些前沿性的经济与科技文章，另一方面则更倾向于发表对企业发展起指导性意义的管理类的文章。期刊的形式与内容是一种和谐统一的关系，形式要为内容服务。因而，一本期刊呈现出什么样的文章风貌就需要有什么样的版面样式与之相适应。

第四，树立期刊的品牌形象。品牌形象是一种无形的资产。读者对期刊品牌的认识有一个不断深化的过程。这个过程既反映了读者对期刊的认同，又体现了期刊的成熟①。期刊的品牌形象是期刊的标志，同时又是读者心目中一个熟悉而又亲切的信息代码，读者买期刊其实就是买品牌。期刊品牌形成的过程同时也就是期刊形成风格的过程。品牌期刊几乎无一不是在风格上取胜的。打造品牌期刊，除了对其内容进行精心的设计外，还要对其形态进行精心的设计。二者应当配合默契，相得益彰。形成品牌期刊外在形式风格的要素有两个：一是个性化的期刊名称。就拿一首诗、一篇文章来说，标题是旗帜或眼睛。它服务于揭示主题，展示中心思想或内在意蕴。好的标题，能引导读者抓住文章主旨，产生阅读兴趣，进而阅览全文。就期刊而言，刊名之重要程度不亚于题目之于一篇文章的重要程度。刊名作为刊物与读者之间的桥梁，要能够准确、鲜明地反映期刊的个性特色。如《妇女生活》《花季雨季》《小伙子》《家庭》等刊名，直截了当地体现了期刊定位，简洁明了，又拉近了期刊与读者之间的距离。二是选择与期刊总体风格相符合的标志图案。现在我国许多出版社都设计社标，并把它印在本版图书的显著位置，这对于出版社树立自己的品牌形象具有一定的作用。期刊社也应该有自己的标志图案。品牌设计确定后要及时登记注册，此外还要通过多种传播途径广而告之，以加深读者对它的认知和接受程度。期刊能否吸引读者的注意力，能否在吸引读者注意力的基础上形成自己的品牌成了市场竞争制胜的关键。而目前国内居于中下层次的期刊相当多，具有国际意义的品牌型期刊凤毛麟角。随着社会的不断进步和人民群众生活水平、文化水平的不断提高，读者群体的品牌消费意识也在日益增强。因此，不断创新和打造期刊品牌，便成了中国期刊产业扩大出版双效益的唯一选择②。

## 三、期刊市场定位的策划过程

成功的期刊，其成功的原因来自于准确的市场定位以及精妙的选题内容，也就是说，必须将目标读者群、品牌、市场营销三者有机地结合在一起。只有定位准确、内容贴近时代和生活、读者面广，期刊才能拥有较大的市场空间，才能在市场竞争中立于不败之地。所以，要成功地营造一本期刊，市场信息、读者需

①　黄耀红：《论期刊的文化定位》，《中国出版》2004 年第 4 期。
②　夏一鸣：《期刊市场定位新探》，《编辑之友》2003 年第 3 期。

求、期刊内容，乃至期刊的营销等，都必须做到层层衔接，环环相扣。

### （一）进行深入细致的市场调研

一本期刊在创刊之前，需要做大量的调查工作，并以此作为依据明确自己的目标。市场调研是期刊定位的首要环节。没有调查就没有发言权，没有细致认真的市场调研，就不可能有一个明确、准确的定位。众所周知，即使是综合性的期刊，也不可能满足所有读者各不相同的需求。因此期刊经营者要深入市场，进行认真细致的市场调研，全面了解市场、详细分析市场，以市场为导向，抢先占领市场，填补市场空白。期刊编辑应通过各种途径全面掌握市场信息，通过了解读者的需求特点、订阅习惯、阅读心理等方面的差异，把整个期刊市场进行细分，了解各细分市场读者的需求特点和趋势，达到认识和掌握期刊市场供求变化总体特征的目的，然后在市场调研的基础上，对期刊做出总体的策划，确定期刊在市场的位置，以求准确地把握读者对于期刊的阅读价值取向。

### （二）在积极引导读者的需求中适时调整期刊的定位

任何事物都处在不断变化发展的过程中，一成不变的事物是没有的，期刊也是如此。一份期刊的市场定位应是相对稳定的，但不能一成不变。期刊的市场定位随着时代的变化而变化，随着期刊社自身优势的发展变化而变化，随着读者的需求而调整自己的定位。由于社会经济、文化的发展，原先的读者需求、社会需求会发生相应的变化，期刊要保持与读者需求、社会需求最大程度的吻合，必然要做出与社会经济、文化相一致的变化。否则，期刊必然与市场相脱节，甚至会失去市场而销声匿迹。因此，期刊的市场定位一定要遵循动态调整的原则，对读者需求的变化要时刻保持高度的敏感，及时调整市场的定位策略，或是开发新栏目以满足读者的新需求。以不变应万变的定位策略，只能让期刊与读者的距离越来越远。对于商家来说，顾客就是上帝；对于期刊而言，读者就是上帝。期刊理当以读者为中心，根据读者的需要来确定自己的定位。然而一本优秀的期刊，其贡献不仅在于提供良好的精神食粮，满足读者的文化需求，而且在于积极地引导读者，而不是一味地迎合部分读者的低级趣味，一味地取媚读者。作为一种思想文化传播的媒介，期刊要坚持正确的舆论导向，启迪民智，培养道德，疏导民心，优化风气。在改革开放全面建设社会主义和谐社会的今天，期刊定位更要牢记期刊的引导职能，肩负起弘扬社会正气、倡导健康情趣的重任。

### （三）在期刊定位的过程中不断地强化文化内涵

文化是期刊内涵与品质的体现，是期刊具有持久魅力与吸引力之所在[①]。期刊没有文化就没有品位，期刊的文化含量越高，越有品位，就越能持久地吸引读者的注意力，也就越容易形成品牌的持续影响力和持久的生命力。但是在追求利润最大化的市场环境下，人们往往过多地关注期刊的商业属性，而对期刊的文化属性缺乏深入的思考，期刊逐渐失去了对内在文化品质的自觉追求。期刊的发展史一再证明，缺乏文化内涵和底蕴的期刊是难以形成持久生命力的。期刊市场定位除了要考虑读者等外在因素，还应从期刊的文化属性出发，给期刊定位研究赋予更为深刻的内涵。《读者》《新华文摘》《博览群书》等许多品牌期刊，都具有深厚的文化内涵。例如，《读者》的个性化在于实现"人格化培养""人性美升华"，力求做到"选择《读者》就是选择了优秀文化"。多年来，《读者》将人性中的真、善、美作为沟通人心的共同语言，也可以说，带有中国文化特色的真、善、美，奠定了《读者》的文化根基。《读者》因此成为众多普通中国人的心灵读本。中国期刊应根植于灿烂的中华文化。期刊在注重增强文化含量的同时，还必须注重传承中华民族的优秀传统文化。它既要借鉴和吸取世界先进文化的精髓，又要坚持民族立场弘扬本民族的优秀传统文化，体现高尚、健康的文化品位。中国期刊只有塑造了"民族自我"，才能吸引市场的目光与文化视线，才能真正凸显中华文化资源、文化价值的独特魅力。

### （四）围绕期刊的定位展开积极的营销策划

期刊作为一种特殊的商品，正在逐步走向市场，参与市场竞争，这是期刊业发展的大势所趋。期刊社也由单纯注重案头编辑工作向编辑、营销工作并重发展。媒体增多，竞争激烈，期刊发行量普遍滑坡，期刊社深深地感到了发行面临的压力，也深深地认识到期刊生存发展的根本在于市场。谁先进入市场，进而占领市场，谁将在报刊林立的未来立稳脚跟，求得发展；谁若忽视市场，抱着老观念不放，谁将被市场所淘汰。因此，期刊社应以质量为核心，以市场为导向，用多种渠道、多种方式营销期刊，采取种种切实可行、适应市场的有力措施。销售

---

① 邓卫红：《品牌——期刊永远的生命力》，《贵州省委党校学报》2004 年第 4 期。

量，是衡量一本期刊是否得以生存和发展的关键。因此，搞好期刊的营销策划就具有举足轻重的作用。

### （五）创造条件构建集团化办刊运作模式

从战略性层面来看，一言以蔽之，走集团化道路，这是现代期刊发展的必经之路。国际上著名的传媒大鳄，都是规模化、集约化、现代化的集团公司，旗下拥有多种不同介质的媒体。目前，我国也出现了诸多著名的集团化媒体组合，如人民日报集团、光明日报集团以及南方报业集团等，初步显示出了巨大的发展动力和市场感召力。期刊的生存与发展，也应该借鉴报业集团的做法，实现强强联合。事实上，国内一些著名的期刊社已经步入集团化发展的道路，例如，以《知音》为基础创办起来的"湖北知音期刊出版实业集团有限责任公司"，期刊集约化、规模化经营就是该集团经营战略的重要构成部分。集团化是传媒业发展的必由之路，所以，期刊必须打破隶属不同部门的条块分割，对国家、市属期刊资源进行重新洗牌和统一整合，实现由单打独斗到群体作战的战略性转变。期刊集团化的实现方式有多种，一是"期刊＋期刊"即成立期刊集团，二是期刊加入报业集团，三是期刊加入出版机构，等等。

## 四、结语

随着全球化浪潮的冲击，特别是我国加入 WTO 以后，国外的一些期刊正虎视眈眈地注视着中国的市场，这对我国刚刚涉足世界文化市场的期刊业是一个极大的威胁。国内外两者因素的相互作用，使得我国目前的期刊业举步维艰。当然，这既是严峻的挑战，也是极好的发展机遇。当前，深化期刊体制改革，大力发展期刊产业，搞好期刊市场定位，充分发挥期刊的自身优势，扬长避短，促进期刊的生存与发展，任重而道远。

# 聂震宁地域文化小说创作的价值意蕴

## 一、透视地域文化心理

聂震宁精心经营着他的桂西北世界，用温情的笔调描绘着奇异瑰丽的风土人情。但是与许多瞩目于桂西北奇异风情的作家稍有不同，聂震宁的笔触更深更广，"聂震宁并不着意于展览各少数民族生活中的奇异习俗，而是总是把古老习俗的发掘与人的灵魂的揭示结合在一起"①。他把笔触伸到人的灵魂深处，刻画具有普遍意义的地域心理。聂震宁热情洋溢地勾画了勤劳朴实、热情豪爽的山里人，赞叹他们顽强的生命力、自然美好的天性，但也能冷静审视那原始的生存与生命状态带给他们的保守狭隘、不思进取的性格缺陷。他客观地展现了那片红土地上人们原生态的生存方式与价值观念，以饱满的热情而又不乏理性地打量着祖祖辈辈生于斯长于斯的人们，冷静而忧伤地观照着他们身上美好而复杂的人性。

### （一）寻找心中的温泉：对自然美好人性的讴歌

1.《绣球里有一颗槟榔》：质朴纯真的爱情赞歌

壮族有抛绣球定情选偶的古老传统。绣球包含着姑娘对爱情果实的真诚而朴实的祝愿。姑娘的绣球啊，就是姑娘的心。聂震宁以这个古老的习俗为背景深情地抒写了一首质朴纯真的爱情赞歌。《绣球里有一颗槟榔》在一种田园牧歌式的恬淡、抒情的氛围中展开美丽动人的故事情节。

---

① 韦启良：《从民族风情到地域心理——读聂震宁的短篇小说》，《河池师专学报》1991年第2期。

　　女主人公达伦是一位质朴善良、美丽纯洁的壮族姑娘。达伦姑娘二十三岁了，可她的绣球却迟迟没曾抛出去。为什么呢？如此美丽善良、闪光发亮的姑娘，在爱情路上究竟有什么为难之处？原来，达伦一直爱慕着两位从小青梅竹马的后生勒龙和勒古。那两位后生也都爱恋着达伦。三人从小一块长大，一起上学，一起上山采竹笋、摘野果，一起围着火塘听布洛驼的故事，两小无猜、亲密无间。他们之间的感情是纯真的，是超乎世俗之上的美好感情。但是，一个金梭只引得一根金线，一兜芭蕉只容得一条心。长大后，达伦要面临爱情的二难选择。勒龙和勒古是同年老庚，勒龙深沉忠厚，勒古精明能干，两人都真诚勇敢、乐于助人，都是"莫戈大王一样的神枪手"，"壮山上的好岩鹰"。达伦陷入了难舍难分、左右为难的痛苦烦恼中。而两个后生又害怕相互伤害，既有竞争又有真诚的"谦让"。最后，在绣球里是否藏有"槟榔"这一决赛中，勒龙主动退出，谎称自己的绣球里没有槟榔，最终促成达伦和勒古的美满婚姻。在达伦和勒古结婚这天，勒龙在村后心平气和地掰开自己的绣球，把里边那颗深红色的槟榔悄悄地种进泥土里。因为他希望"爱情的获得，应该像种瓜得瓜那样高尚，像瓜熟蒂落那样自然，像从清泉里掬起的一捧水那样洁净，像水乳交融那样无隙"①。小说在充满诗情画意的抒情氛围中将故事娓娓道来，道出了桂西北青年质朴真诚的爱情观，展现了他们真挚、善良、厚道的美丽心灵。让人深深地感受到他们身上所散发的健康、优美、自然的人性光辉。

　　2.《老同古歌》：赤诚之子的友情颂歌

　　《老同古歌》以一首古老的瑶族民歌作为小说的依托和结构框架，古歌贯穿小说的始终，它本身既是一个象征性的符号文本，同时也是民族文化、民族性格的活现，使小说具有了深沉的旋律和高远的意境。小说描写的是瑶族同胞陆老同与王连长之间真挚感人的友谊。解放初期，解放军三连到桂西北白裤瑶山区剿匪时，里龙寨的一名青年向导与三连的王连长经历了一场惊心动魄的战斗之后，结交了"老同"。这位瑶族向导没有学名，只知道姓陆，就取名为"陆老同"。桂西北深山老林里的瑶族喜欢结交"老同"即生死之交的朋友。大山的人们是热情好客、爽朗率真、真诚质朴的，"只要你诚心诚意地与某一位瑶胞结交老同，他就

---

　　① 聂震宁：《去温泉之路》，漓江出版社，1985，第52页。

会拉着你的双手，唱出热情洋溢的老同古歌，甚至不惜以自己的生命作为对友谊忠诚的保证"①。陆老同与王连长的真挚感情如同大山一般执着、深沉。不管时空如何转变，社会地位何等悬殊，这种血肉相连的感情始终如一，万古不变。在陆老同深情低沉的《老同古歌》歌声中，"我"深受感染，思想获得了一种睿智的启迪，情操获得了一种崇高的净化。在这个利欲熏心、尔虞我诈、人情冷漠的社会里正是需要这种赤诚的更为本真、更为天高地广的爱情、友情来温暖日渐寒冷的现代社会。聂震宁以山里的真诚质朴来反衬现代文明社会的自私冷漠，表达了对商业社会的反抗，对美好人性的追求和向往。

3.《暗河》：自然和谐的生命欢歌

《暗河》是聂震宁的一篇力作。小说的背景还是桂西北的一个壮族村寨勒达寨，但是作者着意的不是描摹和渲染奇异绚烂的民族风情，而是以"暗河"作为一个象征、意象，来诠释他对于自然、对于人生形式以及生命价值的深层思考。

莫戈岩暗河，具有双重象征意蕴，首先，莫戈岩被认为是莫戈大王出世的地方。莫戈大王是壮族传说中的半人半神的英雄人物。莫戈岩暗河因此成为英雄母亲孕育生命的场所，是生命源泉的象征。其次，暗河还象征了欧阳雄和易雨的爱情故事。欧阳雄远离都市的喧嚣与骚动，在宁静、质朴、率真的自然面前得到了精神的宽慰、灵魂的净化，并从地下水的沟通以及山民敢于冲破一切阻挠勇敢追求爱情幸福的勇气中得到启悟，暗河意象则给予他更多的人生启发。他的内心独白诠释了"暗河"的全部意义："我在寻找，寻找生命的和谐生命的方式生命的哲学，那就是自然法则是生命的最高哲学，人类的全部努力都应当以此作为最合理的结局，其余都是过程。"② 我们可以从"自然法则"中理解勒达寨发生的一切。这里的生活自然和谐、怡然自得。黄昏的时候"寨子上空袅袅地升起炊烟，黑色的水牛沉重地归来，灰色的山雀仓皇地扑向大山，而女人呼唤娃崽的声音凄厉而温馨"。这简直就是一幅古朴自然、宁静悠远的田园风光画。这里的情与爱是热烈、坦荡、自由纯真的。这里的人情风物，是未经"现代文明"浸染的原始自然形态，人与自然、人与人、情与爱都如同暗河一样遵循自己的行道奔涌、消退、生灭。原始淳厚的山风民情，陶冶了人们的性情，人们率真质朴善良，没有

①　聂震宁：《去温泉之路》，漓江出版社，1985，第166页。
②　聂震宁：《暗河》，广西民族出版社，1990，第3页。

"文明"社会中的人的阴暗、痛苦和心灵扭曲，体现了特定地域中人们的行为方式和心理特征，以及自然、优美的生命本真。人顺应自然，自然也深通人性；人膜拜自然，自然也厚爱人类，天人合一，水乳交融，在乡村世界里一切的自然现象都生命化了。然而正是他们与自然的亲密接触和交流，把一切生命活动完全交融于自然中，他们的生命和生活才是和谐的、优美的。在这种人与自然的和谐关系上，体现了传统文化中"天人合一"的思维方式和价值哲学。这种对自然的皈依、包容，要"老死于暗河之滨"的渴望，表达了一种返璞归真的人生理想，是作家对某些传统文化价值的肯定。

**（二）触摸灵魂的疼痛：对地域文化心理的清醒认识**

聂震宁小说对地域文化心理的书写是颇为到位和深刻的，小说《长乐》对地域文化心理的刻画就尤为精彩。《长乐》描写了桂西北一座古老的边陲古镇："长乐是一座城，但它也像一个人。"[①] 把一座城当作一个人来写，这样的写法令人耳目一新。李国文曾在《长乐·序》中这样评价："小城成为一个涌动着灵韵、跃动的鲜活体，成为小说中的活灵活现的主人公，使我震惊，因为这是我第一次读到中国作家进行这种尝试的作品。"[②] 在小说中，聂震宁撇开了传统的典型人物的塑造，而是对长乐作一个整体的观照，深入挖掘长乐的地域文化心理。"与其说'长乐'是一座城、一个人，更是一种有历史场合冲积而成、有特定地域文化培育而成的弥漫而又凝固的心理状态。"[③]

作者把笔触深入到民族地域文化的深层结构，把长乐这种随遇而安、守旧排外、知足常乐、好要面子的文化心理刻画得淋漓尽致。聂震宁刻画的"长乐"，很容易让人联想到鲁迅先生笔下的"阿Q"。长乐盲目守旧、自尊自大、自欺欺人、死要面子的性格特征可以说是阿Q精神胜利法在当代社会的延续和某种变异。聂震宁自觉地学习和继承了鲁迅的批判和改造国民性的启蒙精神。同样是刻画国民的灵魂，揭露民族文化的心理瘤疾以引起疗救的注意，鲁迅刻画了阿Q这个典型的人物形象，而聂震宁则是描摹了长乐"一群形象"；在手法上，鲁迅是辛辣地讽刺，而聂震宁是微笑地揶揄。

① 聂震宁：《长乐》，广西师范大学出版社，1998，第3页。
② 李国文：《文学是条不归路》，载聂震宁编《长乐》，广西师范大学出版社，1998。
③ 韦启良：《从民族风情到地域心理——读聂震宁的短篇小说》，《河池师专学报》1991年第2期。

从单纯地展现民族风情到深入地发掘地域文化心理，聂震宁在一步步地走向深刻、成熟。他既无比眷恋地赞叹了纯洁质朴的桂西北大地上所蕴含着的人性的真、善、美，同时又用冷峻理性的目光观照着特定地域中的国人灵魂，将文化批判切入地域文化的心理层面，由此透视保守狭隘、不思进取的"集体无意识"对于民族文化发展和进步的戕害，昭示了民族文化重建的必要性和迫切性，其所具有的独特思想文化意义是毋庸置疑的。

## 二、活现桂西北文化的独特性

任何民族成员的社会心理、习惯、性格、行为总是与一定民族文化环境密切相关。文化是人类创造的，同时，文化又陶冶和塑造了人类本身，而文化与环境又具有一种相互适应性，不同的环境中具有不同的文化类型和模式。正是人类、文化、环境三者之间这种相互影响、适应、涵化的过程，使得每一个民族、每一种文化在长期的历史发展过程中，逐渐形成自己的独特性。作为一种独具特色的地域文化，桂西北文化有着自己独立鲜明的个性。聂震宁小说通过对桂西北的文化品格、文化襟怀、文化劣根的描写，活现了桂西北文化的独特性。

### （一）吃苦耐劳、达观豁达的文化品格

桂西北山多地少，生存条件极其艰苦，生存压力十分巨大，人们基本上只能靠天吃饭。深山老林里的山民仍过着狩猎采野、刀耕火种的原始生活。然而，生活的艰辛与苦难却锻造了桂西北人吃苦耐劳、达观豁达的文化品格。在《猎人之死》《山魂》中，古郎、岩都是跋涉于大瑶山黑森林里强悍、深沉、豪爽的猎人。哥代，壮族村寨的精神首领，为了众人的脱贫致富，忍辱负重、不辞劳苦地在云雾缭绕、半边陡壁半边深渊的山道上赶马帮。他身上体现了桂西北人不屈不挠、达观豁达、重情重义的精神品格。不仅仅是他们，这种"雄心征服千层岭，壮志压倒万重山"的吃苦耐劳、达观豁达的精神品格早已沉淀在桂西北人的血液里，内化为他们薪火相传、生生长流的生命活力。唯其如此，他们才能在极其恶劣的环境中顽强地生存下来，创造灿烂多姿的文化。

### （二）兼收并蓄、开放包容的文化襟怀

桂西北文化具有开放性和兼容性的特点，或者说，桂西北文化本身就是多民族文化长期碰撞、融合的结果。在长期的历史发展过程中，多民族在这片土地上

争斗和交融，以致形成了现代多民族杂居的格局，有汉、壮、瑶、苗、侗、仫佬、毛南族等多个民族。各个民族在文化上必然相互影响、相互借鉴、相互吸收。

### （三）保守狭隘、极易满足的文化缺点

桂西北地区处于云贵高原和华南低地丘陵的接合部，既远离华南低地文化中心，又远离高原文化中心，而且这一地域的北部有苗岭，南部有大明山，东部有都阳山脉，西部有凤凰山脉和九万大山，构成了一个相对封闭的地理单元，影响了区域内部和外部的文化交流。所以，桂西北文化受外来文化的冲击相对较少，基本上处于一种原始封闭的状态。因而，一方面保留了更为本色的、原汁原味的文化底蕴。另一方面，也容易滋生保守狭隘、极易满足的心理特征。从桂西北重重关山中走出来的聂震宁，以"出走"的姿态，很好地把握了审美距离。他极为敏锐地捕捉了这种盲目乐观、极易满足的心理特点，用反讽、揶揄的笔调深刻地剖析了这一地域文化心理。小说《长乐》成为桂西北人的一面"镜子"。《长乐》生动准确地刻画出桂西北人"知足常乐"的典型心态，深刻地剖析和批判了沉积在国民灵魂深处的文化劣根。

## 三、展示文化的多样性及其魅力

在全球化时代，文化的传承问题日益突出。随着经济全球化如火如荼地推进，人们担心"经济全球化导致的一个直接后果就是文化上的全球化或趋同化现象，它使得西方的（主要是美国的）文化和价值观念，渗透到其他国家，在文化上出现趋同的现象，它模糊了原有的民族文化的身份和特征"①。但是，从文化发展本身来看，无论是全球文化还是区域文化，永远都不可能整齐划一，也没有完全统一的发展模式。人类文明只能在所有文化的同生共在和多样性中生存。"文化是一个民族和国家赖以生存发展的重要根基，也是区别于其他民族和国家的重要标志。人们在创造文化时，归根结底是在创造自身。任何一种文化创造都是人的自我创造。每一个民族和国家都在创造自己的文化"②。每个国家、民族、

---

① 王宁：《全球化、文化研究与中国学者的文化策略》，《中国文化研究》2002年第1期。
② 上海邓小平理论研究中心课题组：《先进文化：人类社会发展的引导力量》，《人民日报》2002年8月第1版。

区域都有自己独特的文化传统，各个文化都具有相对独立的生命和特殊的存在价值。在漫长的人类社会历史发展过程中，由于地形地貌、气候条件、历史沿革、社会发展等方面的不同，不同民族、地域的人们创造了多种多样的不同文化，千姿百态，各有所长。不同文化之间的差异代表了人类不同的价值取向和选择，也体现着人类本身的价值和多样性。正是不同文化的相互依存、相互交流、相互借鉴、相映生辉，才构成了丰富多彩的世界。自然界因为生物多样性而美丽，人类也因为文化多样性而丰富。因此，我们对于文学的地域文化研究还应不止于"究天人之际"，而是要进一步探究民族传统文化的多样性、丰富性，通过对文化多样性的研究，"在地域文学的绚丽多彩和文学创作的地域文化特色的深处，可以发现中华民族文化多元性、丰富性的深远影响"[1]。

中国是一个历史悠久的多民族国家。"我国已发现的 7000 多处新石器时期的文化遗址，似繁星遍布祖国各地，人们根据其分布特点和文化类型，将中华文化起源表述为'八大中心''七大系统''六大区系''满天星斗'等，表明在中华文明曙光初露之时，孕育中华民族精神的远古文化就呈多样化发展和多元并存的地域性特点。"[2] 因此，当人们习惯于用"大一统"的说法去囊括中华民族文化的基本特质时，常常就会忽视、蒙蔽了中华民族文化的复杂性和多样性。

在 20 世纪的中国文学中，作家们通过对地域文化的发掘和展现，展示了独特的地方色彩，显示了文化多样性的极大魅力。当沈从文将深情的笔触伸向湘西，展示了湘西"优美、健康、自然而又不悖乎人性的人生形式"，我们从中可以强烈地感受到那有别于中原文化的楚魂的魅力。同为湖南籍的韩少功发出"寻根"的宣言，发掘楚文化的神秘、绮丽、狂放与孤愤，昭显了楚文化蓬勃生机与魅力。当李杭育在浙江发现了"吴越的幽默、风骚、游戏鬼神和性意识的开放、坦荡"时，显而易见，南方文化也并不是楚文化的一统天下。而莫言在山东高密东北乡发现的热烈率真、敢作敢为、爱憎分明、狂放不羁的"酒神精神"也同样昭示了北方文化的复杂性和多元性，旨在说明，北方有"礼教"，也有"酒神精神"。

---

① 樊星：《当代文学与多维文化》，武汉大学出版社，2005，第 8 页。

② 李建平、黄伟林等：《文学桂军论——经济欠发达地区一个重要作家群的崛起及意义》，中国社会科学出版社，2007，第 198 页。

　　当我们把目光投向质朴的桂西北，循着历史的足迹，追踪民族的过去，就会发现那里蕴藏着与中原文化、楚文化有所差异的文化渊源。在漫长的历史发展过程中，勤劳勇敢的桂西北人用他们的智慧和汗水创造了多姿多彩、灿烂辉煌的文化。神秘丰富的神话传说，独具特色的青蛙崇拜，独特的山歌文化、铜鼓文化、服饰文化、饮食文化等等构成了桂西北文化的多姿风采。桂西北积淀和保存了以红水河为表征，壮瑶苗侗等多民族文化为内涵的最具广西本土意义的民族文化和地域文化。每个民族、地域都有自己的文化传统，每种文化都有其自身存在的合理性和独特价值，都应得到尊重和自由全面的发展。桂西北文化有着自己鲜明的个性和特殊性，它的存在和发展有其自身独特的价值和魅力。

　　"文化多元化是人类社会的基本特征，而且无处不在、无时不在。民族认同是对全球化压力的正常的、健康的反应。"① 人们迫切需要重新认识民族力量，重新挖掘民族文化的生命内核，以寻求建设民族文学走向世界的支撑点，时代向作家发出了召唤，而作家也感应了时代的要求。作为桂西北人的优秀代表，聂震宁有着清醒的文化自觉。他感召了时代的呼唤，对桂西北文化有着相当自觉的认识和追求。他通过文学的艺术表达方式，在自己的文学作品中展现了桂西北独特丰富的地域文化，凸显了文化多样性的魅力，加深了读者对桂西北文化的了解和认识，从中感悟来自那片红土地的文化魅力。

　　扩展开来看看，不仅仅是聂震宁，桂西北文化的独特色彩在许多桂西北作家的作品中都有鲜明的表现。他们久浴着桂西北的淳朴民风，浸染着地域文化的丰富滋养，热情洋溢地描绘桂西北的山川风物，展现多姿多彩的民族风情，抒写劳动人民的悲欢离合，展示了桂西北文化的独特风采。比如，早在20世纪80年代，杨克就提出了"百越境界"的口号，以拷问的姿态走向花山。到后来的新生代作家，有着"红水河情节"的黄佩华以《涉过红水》《生生长流》等作品生动再现了红水河流域的风土人情。东西的《没有语言的生活》、鬼子的《被雨淋湿的河》则反映了红水河流域广大劳动人民的真实生活面貌，他们展示了地域的文化色彩，并夺取了鲁迅文学奖的桂冠。桂西北作家群以他们的创作揭示了桂西北文化的魅力、独特性和价值，从而使得作品在时间的淘洗中具有了持久的生命力

　　① 联合国教科文组织、世界文化与发展委员会：《文化多样性与文化发展——世界文化与发展委员会报告》，张玉国译，广东人民出版社，2006，第3页。

和永恒的魅力。桂西北作家群的文学创作精品给中国文坛带来了一个又一个的惊喜。他们以自己的创作使得桂西北文化突破了地域的狭小格局而走向更广阔的天地，为广西文化建设和经济社会发展做出了应有的贡献。

当然，承认文化的多样性，并不是说各种文化之间没有共性，更不是说它们之间根本无法交流和融合。文化的共性寓于文化的特殊性之中。所有的文化都是人类文化的一部分，它们从不同侧面、以不同的形式表征着人类的本质，每一种文化类型都包含了某些全人类的因素。所以，从这个意义上说，任何一个民族、地域的文化，同时也是属于整个中华民族的、属于世界的。正如鲁迅先生所说的："有地方色彩的，倒容易成为世界的。"① 所以，在文学作品中鲜明地表现了地域特征的作品，往往因其独特而引人注目，从而具有经久不衰的艺术魅力。因此，在全球化的时代背景下，作家只有坚持本土写作，并大胆吸收和借鉴外来文化的优秀成果，在进取中坚守，在磨砺中张扬，从生动活泼、自然纯朴的民俗文化中找到本民族的历史文化积淀，在探讨"固有之血脉"和并存的"历史惰性"之间找到一条重建民族文化之路，在全球化浪潮的裹挟中发出自己的声音、亮出自己的姿态。

---

① 　鲁迅：《鲁迅全集（第 10 卷）》，人民文学出版社，1981，第 206 页。

# 后　记

　　最是一年春好处。窗外，阳光明媚，鸟语花香，生机盎然。冬去春来，又是一年的春分时节，一转眼，我到广西社会科学院文化所工作已有十载。到文化所后，主要从事中国现当代文学、文艺评论和区域文化研究。这本评论集是《广西社会科学院评论》丛书的其中一卷，既包含文学影视评论文章，也精选了一些区域文化研究成果，小小文集还略显单薄，权且当作工作以来第一个十年的阶段性小结吧。

　　这一路走来，得到了多位师长、领导和同事的大力支持和热心帮助，让我在轻松活跃的学术氛围中一点点地成长，在此深表谢意。首先要衷心感谢我的恩师李建平研究员。先生学问扎实、作风严谨，为人宽厚谦和，是学者之楷模。从读研到工作，先生一直对我谆谆教诲、悉心指导，自己的每一步细微的成长都离不开先生的指导、鼓励和影响。先生之恩，终生铭记。衷心感谢王建平所长，在他的精心策划和不懈努力下，这套"广西社会科学院评论丛书"最终得以立项出版，为我们青年科研人员创造了宝贵的出书机会。衷心感谢社科院的同事，他们在工作和生活上给予了我莫大的支持和帮助，让我在这个团结奋进的大集体中感受到春天般的温暖。衷心感谢广西社会科学院对本书的资助出版。

　　感谢我的父母，他们始终用最朴实、最深沉的爱陪伴着我一路前行。感谢我的爱人，他不辞劳苦地帮我整理编辑文稿，为本书的结集出版付出了大量心血。

　　对一直关心、支持、帮助我的亲朋好友在此一并致以诚挚的谢意。

黄璐

2018 年 3 月 21 日